Schnee, Beton

Marcus
Wichmann

Schnee,
Beton

Roman

GMEINER

Für Sandra

Mias Geburt ist der Hamburger Presse eine Nachricht wert. Das erstgeborene Kind im Jahr 2012. Drei Minuten vor Fahim, einem Jungen aus Altona.

Hebamme und Krankenschwester schwärmen, wie unkompliziert die Geburt gewesen sei.

»Eine tolle Geburt, Frau Seitz.«

Maren lächelt, vielleicht fühlt sie sich geschmeichelt, Julian glaubt, aus Höflichkeit. Ihm ist, als die Fruchtblase platzte, angesichts des Schwalls hellrosafarbenen Fruchtwassers kurz schlecht geworden. Doch er hat sich tapfer geschlagen, findet er.

In den Stunden zuvor stand er regelmäßig vor dem Fenster am Ende des Flurs der Entbindungsstation und sah Raketen, die es nicht erwarten konnten, in den Hamburger Nachthimmel aufzusteigen und bunt zu zerspringen.

Währenddessen aß er Cremeschnitten, gezogen aus einem Automaten. Die drei Geschmacksrichtungen, Schokolade, Vanille und Karamell, probierte Julian im Lauf des Abends durch. Schokolade blieb sein Favorit.

Um halb elf Uhr hörte er Babygeschrei. Nicht aus Marens Zimmer. Dieses Kind, dachte Julian, wollte unbedingt noch im Jahr 2011 auf die Welt kommen. Ab dann blieb er bei Maren. Er hielt ihre Hand und sprach Beruhigungsformeln in ihr Ohr. Sie fielen wenig variantenreich aus, doch sie halfen ihm und Maren womöglich auch.

Und plötzlich war Mia da. Lag im Arm der Hebamme. Gleich darauf in Marens. Nachdem Julian die Nabelschnur durchschnitten hatte, in seinem.

»Keine zwei Minuten nach zwölf!«, rief eine Krankenschwester freudig.

Julian hat für Gudrun, Marens Mutter, den Artikel aus dem Hamburger Abendblatt ausgedruckt und einrahmen lassen. Der Artikel hängt über Gudruns Schreibtisch. Neben Kinder- und Jugendbildern von Maren und vielen Bildern von Mia. Auch er lächelt von zwei Fotos herunter. Trotz der Trennung von Maren vor vier Jahren.

Gudrun hat ein Babyfoto von Mia in die untere Ecke des Rahmens mit dem Abendblatt-Artikel gesteckt. Seine Tochter grinst darauf so breit, als freue sie sich diebisch über ihren Zieleinlauf als Erste.

»Oma, das Foto ist so was von peinlich!«, findet die zwölfjährige Mia.

■

Im Spätsommer nach Mias Geburt wechselt Julian zu Lenz&Partner. Ein beruflicher Aufstieg, zweifellos. Und Julian genießt ihn. Das Büro befindet sich in einer alten Textilfabrik. Die rote Klinkersteinfassade verströmt hanseatisches Flair. Die Büroräume von Lenz&Partner sind im Erdgeschoss, im ersten und im zweiten Stock. Der zweite Stock ist neu angemietet, das Büro hat einige Architektinnen und Architekten eingestellt. Julian ist einer von ihnen. Luis ebenfalls: ein rotblond gelockter, kantig und männlich aussehender Ostfriese – der aus der Nähe von Würzburg stammt. Im Herbst prostet Luis als Fotomodell Julian von Werbeplakaten einer Brauerei herunter zu.

»Rudersklavengaleere mit Modellbauwerkstatt«, nennt Luis ihre Arbeitsplätze im zweiten Stock.

Julian stören die Geräusche und Gerüche aus der Werkstatt nicht. Drei Jahre später, als Projektleiter, riecht es in seinem Büro im ersten Stock lediglich nach ihm selbst.

Jetzt blickt Julian von seinem Tisch im zweiten Stock auf den Firmenparkplatz. Er schaut gern auf die grauen und schwarzen Autodächer. Manchmal ist ein weißes oder, ganz selten, ein rotes darunter. Und sein eigenes. Mit der Farbe, einem Dunkelblau, fremdelt er. Bei Sonnenschein, so seine Erkenntnis aus der Vogelperspektive, changiert das Blau ein wenig zu stark ins Violett. Er schaut regelmäßig hinunter auf den Parkplatz und überprüft den Farbeindruck. Wie die Zunge nach einer Zahnreinigung die weit gewordenen Zahnzwischenräume erkundet.

Den Wagen haben Maren und er zusammen gekauft. Gebraucht. Alles andere, so Maren, sei idiotisch. Julian genießt die Suche auf Gebrauchtwagenplattformen. Er markiert Fahrzeuge, um ihnen ein, zwei Tage später wegen eines passenderen Angebots, wie er findet, den Favoritenstatus zu entziehen. Maren schüttelt lachend den Kopf über die, wie sie es nennt, Staatsaffäre, die er aus einem Autokauf mache. Julian freut sich auf die Zukunft, in der es möglich sein wird, sein neues Auto frei zu konfigurieren. Ohne Kompromisse. Das Blau ist ein Kompromiss. Zweite Wahl, immerhin, aber nicht erste.

»Gibt es den als Kombi?«, fragte Maren.

Seine Erklärung, dass die Rückbank geteilt umklappbar ist und Mias Kinderwagen problemlos in das Schrägheck passt, mit praktischer Heckklappe – er kommt sich vor wie ein Autoverkäufer –, akzeptierte Maren offensichtlich. Später unterstellt er, dass hinter ihrer prompten Zustimmung das Kalkül steckte, seine Recherche zu beenden.

Julian parkt gern auf unterschiedlichen Stellplätzen. Neue Blickwinkel. Er folgt mit seinen Augen den Karosserielinien und entdeckt Anschlüsse, die die Designabteilung sicher mit Bedacht gewählt hat.

»Schönes Blau«, sagt Katja.

»Tiefseeblau metallic«, antwortet er.

Katja hat eine raue Stimme und einen selbstbewussten Blick aus grünen Augen, die weit auseinander stehen.

»Katja und ich haben zueinander gefunden«, eröffnete ihm Luis eines Abends umständlich. Katjas grüne Augen und Luis' rote Haare. Komplementärkontrast. Er freute sich mit und für Luis. Katjas erstes Projekt bei Lenz & Partner war der Innenausbau für einen großen Finanzdienstleister im Westen Hamburgs. Er ist schön geworden und Katja hat zu Recht eine Auszeichnung dafür erhalten. Danach war Katja auf Innenausbauten abonniert.

»Ich will nicht länger die Interieur-Tante spielen«, sagt Katja, während Luis an seinem Bier nippt, tatsächlich die Marke, für die er als Fotomodell wirbt. *Ein Wikinger hat Durst.* Nein, das ist er nicht, der Werbespruch über Luis' roten Haaren und dem goldenen Bierglas inmitten seines roten Barts. Irgendwas mit herb und frisch, nichts Einprägsames.

Katja, Luis und Julian sprechen über Erik. Erik kommt aus Århus, hat in Kopenhagen studiert und wechselte vom Büro Weltenbau in Berlin zu ihnen. Vor drei Wochen präsentierte die Geschäftsleitung der Belegschaft Erik als neuen Partner. Ohne den Stolz auf seinen unternehmerischen Coup zu verbergen, berichtete Kai Lenz über Eriks Erfolge. Eriks Karriere begann früh, über seine Abschlussarbeit wurde in einem renommierten Architekturmagazin berichtet. Nicht unter der Rubrik *Was macht der Nachwuchs?*, sondern in einem eigenständigen Artikel, ganzseitig und bebildert.

Julian erinnert sich, wie er als Student in der Bibliothek regelmäßig das Magazin gelesen und sich ausgemalt hat, wie es sich anfühlen würde, auf einen Artikel über sich selbst zu stoßen. Die Dramaturgie dieses Tagtraums ließ den imaginierten Artikel die Einspaltigkeit verlassen und von ganz- zu mehrseitig anwachsen. Die Maßlosigkeit, das Cover zu schmücken, verscheuchte er so gut es ging.

Damals, vor vierzehn Jahren, nahm Julian von Eriks Veröffentlichung keine Notiz. Bei einer Internetrecherche anlässlich Eriks Einstieg bei Lenz & Partner ist er auf den Artikel gestoßen. Eine dieser ziellosen Reisen durchs Internet, die er gern abends, Maren und Mia schlafen bereits, unternimmt.

▪

Wenn Julian die heute zwölfjährige Mia ansieht und an die Mia zurückdenkt, als er bei Lenz & Partner angefangen hat, dann zweifelt er, dass es sich um ein und dieselbe Mia handelt. Dass es nicht zwei verschiedene Mias gibt: die einjährige und die zwölfjährige. Und der Gedanke nimmt Fahrt auf. Zu den beiden Mias gesellen sich die vierjährige, die sechsjährige, eine fünfjährige und eine dreijährige Mia. Und erneut eine einjährige Mia. Maren schiebt sich ins Bild. Erinnerungsbild. Mutter und Tochter lachen Julian zu. Film ab. Maren spielt mit Mia. Maren kitzelt Mia und dreht Mias Arme und Beine abwechselnd und gegengleich nach oben und unten, vor und zurück. Mias Gliedmaßen: ansatzlos beweglich, als bestünden sie aus Gummi, nicht aus Knochen, Muskeln, Sehnen. Die einjährige Mia liegt auf dem Rücken und genießt Aufmerksamkeit, Berührung, das Spiel. Julians Erinnerungskamera schwenkt nach rechts. Wir sehen einen geschmückten Tannenbaum und da taucht Julian selbst auf. Jetzt ist er es, der, wohlig gesättigt vom nachmittäglichen Kuchen und den abendlichen Schöpfkellen von Marens Kartoffelsalat, der sich mit schmatzenden Geräuschen wehrt, aus der Schüssel auf den Teller neben die Würstchen gehoben zu werden, mit seiner Tochter spielt. Schnitt. Maren sitzt am Esstisch und schreibt Textnachrichten. Den Tisch hat sie abgeräumt, so schnell, dass Mia Mamas Verschwinden nicht bemerkt hat. Schnitt. Julian steht auf und nimmt seine Tochter in den Arm. Gemeinsam inspizieren sie den Baumschmuck. Tiere, Schlitten und Engel aus Holz. Mia greift nach dem baumelnden Etwas. Gelingt es ihr, eines zu fassen, kann es Julian ihren Fäustchen schwer entwinden. Julian entfernt sich mit Mia im Arm zwei, drei Schritte vom Weihnachtsbaum. Er vollführt hubartige Bewegungen, auf und ab, geht in die Knie und richtet sich wieder auf, schwingt Mia nach links und rechts. Mia jauchzt, als Julian beginnt, sie in die Luft zu werfen. Vorsichtig tut er das. Mias Körper verliert kaum den schützenden Kontakt seiner Hände. Aufgefächert und auffangbereit seine Finger. Mia strahlt und gluckst. Marens Schrei hallt mehrfach nach. Echoartig. Davor das stumpfe Poltern der auf dem Boden aufschlagenden Mia. Nicht laut, das Poltern, doch abgrundtief schaurig. Noch bevor Mia zu schreien beginnt, hat Maren sie seinen Händen entwunden. Dass dabei Marens Stuhl umkippt, hört er nicht. Spät in der Nacht, nachdem sie mit dem Kind von der Notfallambulanz zurückgekommen sind, wo eine Ärztin sie beruhigen konnte, dass, außer einer Beule, Mia nichts Ernstes passiert sei, klebt er die herausgebrochene Sitzfläche wieder ein.

Am nächsten Morgen lacht ihnen Mia aus ihrem Bettchen entgegen. Angetrieben von der Erleichterung darüber, schlafen Maren und er in einem schnellen, hastigen Akt im Badezimmer miteinander.

Zum Mittagessen ist Gudrun eingeladen. Die Dramatik ihres ersten Heiligen Abends als kleine Familie bildet das Tischgespräch. Mia blickt in die Runde, als verstünde sie jedes Wort und erwarte Anerkennung für ihre Tapferkeit. Maren rückt Mias Babystuhl näher an den Tisch, zwischen sich und ihre Mutter.

»Plötzlich dreht sich Mia in der Luft. So abrupt, dass sie durch meine Hände hindurchfällt«, erzählt Julian.

Gudrun küsst ihre Enkeltochter – »Nicht auf den Kopf, Mama!« – zärtlich auf Brust und Arme.

»Wahrscheinlich«, fährt Julian fort, »hat Mia aus den Augenwinkeln am Weihnachtsbaum ein Holztier entdeckt und danach greifen wollen.«

»Also ist es Mias Schuld?«

»Nein, natürlich nicht«, antwortet er.

»Ich versuche zu erklären, wie es passieren konnte ...«

»Weil du Mia in die Luft geworfen und fallen gelassen hast«, unterbricht ihn Maren.

Julian schweigt und isst eine zweite Portion Nachtisch, Vanilleeis mit heißen Himbeeren, die nicht mehr heiß, sondern lauwarm sind. Gudrun lobt, ihre Absicht ist liebenswert, findet Julian, Muster und Farbe des Schals, den Maren und er ihr geschenkt haben. Seine dritte Portion Nachtisch überrascht mit Himbeeren, die, am Boden des Topfs gelegen, heißer sind, als die lauwarmen Himbeeren der zweiten Portion.

▪

Julian und seine Studienfreunde sind zu fünft und Knut bringt noch seine WG mit ins Kino. Das Kino ist ausverkauft und Julian steht für eine Tüte Popcorn lange an. Nach dem Film, in der Kälte vor dem Kino, wird die Beantwortung der Frage, in welche Kneipe man noch gehen könne, zu einem zähen Hin und Her. Auf dem Weg ins Schanzenviertel imitieren alle, bis auf Maren, eine Mitbewohnerin von Knut, die gepresst flüsternde Stimme des bleichen Gnoms, eines Hauptcharakters aus dem Film. Ludger kann es nicht glauben, dass Julian die zwei vorherigen Folgen der Fantasy-Trilogie nicht gesehen hat. Knut ist es, der den Tisch unterhält. Nach dem ersten Bier wendet Julian den Kniff an, von der Toilette zurück, einen Platzwechsel vorzunehmen.

Er setzt sich neben Maren.

»Ich studiere Medienwissenschaft«, antwortet sie.

Anfangs berichtet Maren sparsam von ihrem Studium. Julian fragt nach und überspielt seine Unkenntnis über ihr Studienfach nicht. Das gefällt Maren und sie erzählt ausführlicher. Auch von ihrer WG.

»Knut ist schon eine Nummer«, scherzt sie und Julian pflichtet ihr lachend bei.

»Welche schöne Frau möchte meine Handynummer?«, ruft Knut vom Tischende her, theatralisch den Kopf in die Höhe gereckt und eine Handfläche am Ohr. Die Stimmung ist gut, niemand geht vorzeitig, und als sie alle zusammen die Kneipe verlassen, sind sie, bis auf ein Paar an der Theke, die letzten Gäste. Reihum wird sich zum Abschied umarmt. Julian umarmt Maren, löst den Druck, um ihn nach einem Innehalten wieder für einen kurzen Moment zu verstärken. Zwei Tage später schickt ihm Maren eine Textnachricht und sie verabreden sich. Nach dem Treffen vergehen keine zwei Tage, bis sie sich zum ersten Mal küssen.

■

»Probier das mal aus, Julian«, ruft ihm Erik im Vorbeigehen zu, »solange kein Kubus dabei herauskommt«, fügt er lachend hinzu. Ein Running Gag zwischen Erik und ihm. Julian macht sich gern über den Kubus, diesen Gebäude-Archetyp, und die weltweite Schwemme an Kuben lustig. Den Wettbewerb für den Neubau des Verwaltungsgebäudes einer Versicherung hat Julians Entwurf letzten Herbst gewonnen – mit einem Kubus.

»Ein Kubus, zugegeben ja, doch einer mit subversiver Raffinesse«, so Julian.

Julian blendet das Fenster der Gebrauchtwagen-Webseite wieder ein. Sein Bildschirm steht abgewinkelt, sodass nur jemand, der neben oder hinter ihm steht, darauf blicken kann. Noch dazu steht sein Schreibtisch am Ende des Raums – bis jemand den erreicht, bleibt ihm genügend Zeit, die Suchmaschine auszublenden. Dennoch ist Surfen und Konfigurieren zu Hause entspannter.

Julian scrollt die Liste der Autohersteller herunter, um dann wieder hochzuscrollen und ganz oben die Maustaste loszulassen. Traumwandlerisch füllt er die Maske mit den Eckdaten aus. Macht Häkchen hier und dort, gönnt sich diese und jene Ausstattung. Die Trefferquote bleibt hoch, zu hoch: hundertzehn. Er verkleinert den Suchradius auf das Zentrum Hamburgs. Wäre er ungestört, hätten ihn hundertzehn Treffer nicht abgeschreckt. Hier, im Büro, kann er sich maximal zwanzig Treffern widmen. Julian beginnt, Einschränkungen bei den Lackfarben zu machen. Silber auszuschließen, widerstrebt ihm. Eine schöne und zu einem technischen Produkt wie dem Automobil passende Farbe. Jetzt bleiben noch siebzehn Fahrzeuge. Das geht in Ordnung. Die kann er sich, die Besprechung mit Erik, Britta und Fiona beginnt in zehn Minuten, mit einer gewissen Sorgfalt anschauen.

Motorleistung? Hundertfünfzig PS sind das Minimum. Er erinnert sich an eine Autobahnfahrt in seiner Kindheit durch die Kasseler Berge. Und an das übertriebene Vor- und Zurückwippen des Oberkörpers seines Vaters hinter dem Steuer, als könne er das Auto dazu bewegen, schneller zu fahren.

»Ein Motor mit mehr Leistung wäre weniger anstrengend«, witzelte sein Vater.

Julian erinnert sich an seine Mutter, die keine Miene verzog. Und er spürte, dass sein Vater, ihn, den Sohn, im Rückspiegel anschaute, die fehlenden Pferdestärken hingegen bei Julians Mutter beklagte. In ihrer Verwandtschaft kursiert die Heldensage über den fünfjährigen Julian, der im Dunkeln an den Scheinwerfern die Automarken, selbst die Typen erkannte. Früher klang die Anekdote in seinen Ohren schmeichelhaft. Heute beschleicht ihn das Gefühl, man spräche von einem dressierten Zirkusäffchen.

■

»Wie läuft es bei dir?«

Britta steht vor Julians Schreibtisch.

»Ich surfe ein bisschen herum.«

Dabei lächelt er Britta zu. Sie erwidert sein Lächeln. Britta hat ein schönes Lächeln, findet er.

»Hast du Zeit, dich mit Fiona und mir über Neumünster auszutauschen?«

»Ja, gern«, antwortet er.

»Erik will später auch noch dazukommen.«

»Steckt Erik nicht in einem Jour fixe?«, fragt Julian.

»Ja«, antwortet Britta, »doch wir sollen ihn, hat er mir heute Vormittag zugeraunt, *as soon as possible* daraus befreien.«

Britta grinst. Dabei bildet sich über ihrer Nasenwurzel, zwischen ihren Augenbrauen, eine senkrechte Linie.

»Ich komme gleich nach«, sagt Julian, löscht den Verlauf des Browsers und schaltet den Computer in den Ruhezustand.

Im Besprechungsraum hat Fiona den Beamer gestartet. Julian setzt sich in einen der schwarzen Eames-Bürostühle und betrachtet, wie das auf die Leinwand projizierte Licht des Beamers heller wird.

»Alles klar, Julian?«, fragt Clemens, und an Britta gerichtet: »Kommt Erik auch?«

Clemens dreht die Sitzfläche des Stuhls – er hält in beiden Händen Ordner, Mappen und Kaffeetasse – mit einem Stoß seines Hinterns und setzt sich.

»Wow«, kommentiert Britta.

Clemens ist neu im Büro. Er wurde für die steigende Zahl an Wettbewerben eingestellt. Schwerpunkt Projektmanagement, eigentlich ist er Bauingenieur. Das Management macht er, findet Julian, richtig gut. Er arbeitet gern mit Clemens zusammen. Britta ebenso.

»Habt ihr einen schönen Entwurf dabei, *love birds?*«, fragt Clemens in die Runde.

»Die *love birds* sind ausgeflogen. Hat man dir das nicht gezwitschert?«, antwortet Britta süffisant.

Julian bewundert Brittas Schlagfertigkeit.

Clemens' Albernheiten und Brittas Spontaneität bilden ein unterhaltsames komödiantisches Doppel. Niemand im Büro ist vor Clemens' Humor sicher. Clemens nennt Erik, immerhin einen der Partner, *Danish dynamite guy.* Julian ist zusammengezuckt, als Clemens Erik zum ersten Mal so angesprochen hat. Erik ist kurz irritiert – dann lacht er. Mittlerweile scheint ihm der Spitzname zu gefallen.

»Erik steckt noch im Jour fixe, doch wir sollen schon mal loslegen«, sagt Britta.

Können wir machen, denkt sich Julian, doch er weiß, dass sie erst, wenn Erik dabei ist, Entscheidungen treffen werden. Lieber wünscht er sich, Britta und Clemens vollführten weiter ihren unterhaltsamen Schlagabtausch. Dann hätte er auch Gelegenheit, mit Fiona, die stets im Schatten von Brittas Temperament steht, ein paar Worte zu wechseln. Auf der anderen Seite, überlegt Julian, wäre es vielleicht klug, Britta, Fiona und Clemens jetzt, ohne Erik, seine Entwurfsidee zu präsentieren, sie konspirativ einzuweihen. Doch er möchte nicht zweimal dasselbe erzählen. Fürchtet, dass bei seinem zweiten Vortrag Trägheit in seine Präsentation gelangen könnte. Und für Britta, Fiona und Clemens würde das Überraschungsmoment wegfallen.

Eriks Meinung ist die, die zählt.

»Erik sieht das Gute und behindert es nicht«, hat Fiona treffend Eriks Qualitäten, seine Kompetenz und Sensibilität, zusammengefasst.

Es macht keinen Sinn, ohne Erik anzufangen.

»Wir sind gespannt, Julian«, lockt Britta.

Clemens schließt sich ihr an. Fiona, was Julian sympathisch findet, äußert sich nicht, drängt ihn nicht.

In diesem Moment kommt Erik in den Raum.

»Entschuldigt bitte, doch es ging nicht schneller. Habt ihr schon angefangen?«, fragt er.

»Nein, wir wollten auf dich warten«, antwortet Fiona.

■

Die Autofahrt entspannt ihn. Ich will an nichts denken, denkt sich Julian. Diese Stunde, eine knappe Stunde, muss drin sein. Gönnt er sich. Der Jour fixe beginnt um neun Uhr. Davor macht er sich mit Clemens zusammen einen Cappuccino. Das ist sein Plan. Außerdem hat Clemens mit Sicherheit eine humorige Bemerkung parat. Dann kann er gut gelaunt in die Besprechung gehen.

»Die Kupplung nicht schleifen lassen, Julian.«

Den Hinweis seines Vaters hat er im Ohr. Der Klang der Erinnerung verfliegt im gleichmäßigen Wechsel von fünf aufeinanderfolgenden Kurven. Julian genießt es, den Wagen durch die Kurvenkombination zu steuern. Ihn freut, wenn seine Linie rund ausfällt. Ohne Lenkkorrekturen. Als hätte er unsichtbare Schienen aufgespürt, in die er den Wagen einpasst. Hundert, hundertfünf Kilometer pro Stunde. Er fliegt an der Stelle vorbei, wo rechts ein Wanderparkplatz liegt. In der darauffolgenden Linkskurve, wo die Straße zum Fahrbahnrand hin leicht abschüssig ist, da werden Julians Wagen und er darin ganz leicht. Wie auf einem Schiff, das bei Seegang kurz auf dem Wellenkamm verharrt, bevor es in das Wellental hinabsticht. Er tadelt sich für die Angewohnheit, seine rechte Hand auf dem Schaltknüppel liegen zu lassen.

Als Britta und er zum ersten Mal gemeinsam zur Baustelle in der Sydneystraße fuhren, sagte Britta, von der Seite zu ihm herüberschauend:

»Du sitzt ja dicht vor dem Lenkrad, Julian.«

Bevor ihm eine Antwort einfiel, ergänzte Britta, es sähe unbequem aus. Nach einer Pause antwortete er, sie möge sich einmal Videoausschnitte von Rallyefahrern ansehen, wie nah diese am Lenkrad säßen. Britta lachte.

»Wir fahren gerade durch Hamburg, oder, Julian?«

Das war die Geburtsstunde ironischer Kommentare Brittas mit Rallyebezug. Auf der Baustelle angekommen meinte sie, sie hätte selten eine so entspannte Rallyefahrt erlebt. Julian lächelte. Er fand, da steckte mehr Lob als Spott darin.

»Rallyefahrt im Rentnermodus«, schob Britta nach.

»Wenn ich nicht allein bin, fahre ich defensiv.«

»Oh«, säuselte Britta, »schön, Ihre Bekanntschaft zu machen, Dr. Jekyll und Mr. Hyde.«

Sie holten Gummistiefel, Bauhelme und die Mappe mit den Unterlagen aus dem Kofferraum. Er bewunderte Brittas Gleichgewichtssinn, die ihre Gummistiefel abwechselnd auf einem Bein balancierend anzog. Er setzte sich dazu auf die Kante des geöffneten Kofferraums. Britta und er gingen den aufgeweichten, von Türmen an Baumaterial gesäumten Weg zu den Baucontainern. Vor Zeugen vermied Julian, sich umzudrehen und einen Blick auf sein Auto zu werfen.

»Alles klar?«, fragte Britta.

Er bejahte.

Sein Fazit der Autofahrt fiel positiv aus. Seine Analyse trübte eine Situation, in der er nicht bremsen wollte, da er dachte, vom Gas zu gehen würde genügen, und er deshalb dicht auf einen Škoda aufgefahren war, dessen Fahrer beim Einfädeln ruhig mehr Gas hätte geben können. Auf der Rückfahrt, es dämmerte bereits, machte er Musik an.

»Lass uns über den Termin sprechen«, schlug Britta vor.

Julian drehte die Musik leiser, bevor er sie abschaltete. Fade-out. So viel Höflichkeit gegenüber dem Musiker, einem Saxofonisten mit hoch aufgetürmter Afrofrisur, muss sein. Er lobte Britta, wie sie die kritischen Fragen der Bauherrenvertreterin klar und ohne Umschweife beantwortet habe. Er selbst hatte sich in der Besprechung zurückgehalten. Er genoss die Ungläubigkeit, die er sich trotz der vielen Baustellenbesuche bewahrt hat, dass das Gebäude laut Zeitplan in drei Jahren bezugsfertig sein würde, während sie am Rand einer tief ausgehobenen Grube, groß wie zwei Fußballfelder, standen. Darin die hin- und herfahrenden Baumaschinen.

Herr Meinel, der Vorarbeiter, war hinzugekommen.

»Das gefällt mir gut, Herr Meinel.«

»Was bitte meinen Sie, Herr Seitz?«

»Die Anlage der Zu- und Abfahrten.«

»Die Rampen?«

»Ja, die Rampen«, bestätigte Julian.

»Danke, Herr Seitz.«

Herr Meinel zückte sein Handy, klappte das braune Lederetui auf und telefonierte. Der Anrufer oder die Anruferin, schlussfolgerte Julian aus Herrn Meinels Antworten, monierte die Schalungshöhen auf einer anderen Baustelle. Britta unterhielt sich mit den Vertretern der Bauherrengesellschaft. Aus Höflichkeit, Herrn Meinels Telefonat nicht mitzuhören, machte Julian einige Schritte zur Seite und betrachtete das Treiben in der Grube. Als er sich zurückdrehte, war Herr Meinel verschwunden.

▪

»Es kommt nicht gut, Julian, wenn du eine Frau kennenlernst und du ihr schon nach fünf Minuten ein Kompliment machst.«

Richard, Richy genannt, der Tippgeber, war sechzehn Jahre alt, ein knappes Jahr älter als Julian. Ein Rat, den Julian achtundzwanzig Jahre lang befolgen sollte.

Ihre Unterhaltung führten Richy und Julian am Rande des Lehrerparkplatzes. Im Baum über ihren Köpfen sang ein Vogel, so detailreich ist seine Erinnerung, während eine Gruppe Viertklässler an ihnen vorbeiging, scheu zu Richy und ihm aufblickend, vom Sportunterricht kommend, die prall gefüllten Sporttaschen – was haben die da alles drin? – umgehängt.

»Vergiss den Turnbeutel nicht!«, mahnte Richys Mutter, wenn Julian Richy mittwochmorgens abholte.

Julians Oma nannte Sporttaschen ebenfalls Turnbeutel und er glaubte zu spüren, dass es Richy lieber wäre, seine Mutter würde Sporttasche sagen. An die Situation, in der Richy ihm eine zweite Erkenntnis Frauen betreffend schenkte, erinnert er sich weniger genau. Undeutlich meint er, Richy und sich an einer Theke sitzen zu sehen. Wohl kaum. Er war fünfzehn Jahre alt. Vielleicht ein Partykeller? Oder die Tische im *Jugendtreff West?* Die könnten in seiner Erinnerung zu einer Theke zusammengeschmolzen sein. Der Erinnerung fehlt eine Tonspur. Kein singender Vogel oder, um beim Kneipenbild zu bleiben, Gläserklirren.

»Nicht unterbrechen und selbst wenig reden.«

Das war, an den genauen Wortlaut kann sich Julian nicht erinnern, Richys zweiter Ratschlag. Das Mädchen, bei dem er Richys Tipps gerne beherzigt hätte, hieß Nina, war sechzehn Jahre alt und ging in die Parallelklasse. Außer »Hallo« hatte sie noch kein Wort mit ihm gewechselt. Er hat sich in Nina verliebt, als sie in der Schultheateraufführung von Horváths *Geschichten aus dem Wiener Wald* in der Szene *An der schönen blauen Donau* die Bühne betrat. Im Badeanzug. Die Donau, eine blaue Plastikplane, quer über der Bühne ausgelegt, an ihren Enden, im Dunkel des Bühnenrands, von Helferin oder Helfer zu rhythmischen Wellen aufgeworfen. Ninas Brüste wölbten ihren Badeanzug leicht. Deutlich genug, dass sich Julian in Ninas Brüste verliebte. Er wähnte sich als der einzige Fünfzehnjährige an seiner Schule, ja in ganz Hamburg, der noch keine Brüste berührt hatte. Der gewölbte Badeanzug ließ ihn hoffen, es würden Ninas Brüste sein, die ihn erlösten. Von Muschi, Möse, Fut und Hafen, wovon die Jungs in seiner Klasse prahlerisch sprachen, wollte er nicht *so* viel wissen. Er träumte von Ninas Brüsten. Auf dem Boden der Dusche sitzend.

»Julian, dusch nicht so lange«, mahnte seine Mutter.

Wie frisches Heu, hat er aufgeschnappt, soll es duften, und er riecht an seiner Hand.

Richy verließ die Schule ein Jahr später und zog mit seinen Eltern nach Bremen, glaubt er sich zu erinnern.

■

Ein zähes Schweigen.

»Es soll noch kälter werden«, sagt Julian.

Fluchtimpuls in Form von Naturbetrachtung.

»Ich habe die Heizung bereits hochgestellt«, antwortet Maren. »Auf Stufe drei.«

Sie hilft mir aus der Patsche, denkt er, und ja, es ist noch Zärtlichkeit in dem Gedanken.

Maren hat ihm Kaffee nachgeschenkt. Er gießt sich viel Milch dazu, bis zur Oberkante der Tasse.

»Soll ich noch Kaffee aufsetzen?«, fragt Maren.

»Nein, danke.«

Julian betrachtet die gewölbte Oberfläche des Kaffees in seiner Tasse. Obwohl er damit hadern sollte – wie bekomme ich die Tasse an den Mund, ohne etwas zu verschütten? –, fasziniert ihn das Phänomen der Oberflächenspannung. Er beugt Kopf und Oberkörper langsam vor und nähert sich mit gespitzten Lippen dem Tassenrand. Mit ostentativ gespitzten Lippen. Eine der schauspielerischen Einlagen, die er zum Besten gibt, in der Hoffnung, sie könnte die Spannung, die in der Luft hängt, vertreiben. Bessert sich Marens Stimmung dadurch nicht, beantwortet sie seine komödiantische Nummer nicht mit einem Lächeln oder einem Kommentar, kommt er sich blöd vor. So müssen sich die Hunde bei dem pawlowschen Experiment gefühlt haben, wenn die Glocke klingelte, ihnen aber trotzdem kein Futter hingestellt wurde.

War Pawlow Russe oder Pole?, fragt er sich. So oft, wie er das Experiment anführt, müsste er mal recherchieren, woher der Mann stammt.

»Hörst du mir zu, Julian?«

»Ja, das tue ich.«

»Und was sagst du dazu?«

Sie hat ihn an dem Punkt, wo sie ihn haben will.

Und er ist in die Falle getappt.

»Sie ist auch deine Tochter.«

Dialoge aus einer Vorabendserie. Maren spricht in Klischees. Denkt sie auch so?

Er bastelt an einer Antwort, doch das dauert Maren zu lange. Sie macht ihm über den Kaffeetisch hinweg Vorwürfe. Er fühlt den Impuls, anstatt der Antwort, die ihm nicht einfällt, ihren Unterarm zu berühren.

Zu viele Fragen hängen im Raum.

Er ärgert sich, über Hunde, die auf Glockengeläut reagieren, sinniert zu haben, und ob der Psychologe Russe oder Pole gewesen ist, anstatt Maren zuzuhören.

Er blickt von seiner Kaffeetasse auf.

Dann gelingt ihm, dass Worte seinen Mund verlassen.

Sie bestehen hauptsächlich aus Entschuldigungen.

»Hättest du doch zugehört«, sagt Maren.

Er atmet auf. Früher geriet er in solchen Situationen, Maren nannte sie Diskussionen, in seinen Augen war es Streit, regelmäßig an den Punkt, wo er überhaupt nichts mehr sagen konnte. Keine Entschuldigung, keine Rechtfertigung. Nichts.

»Du entziehst dich, Julian. Du machst es dir einfach«, sagt Maren resigniert.

Auch darauf erwidert er nichts.

■

Als Maren und er das erste Mal miteinander schliefen, hat sie seinen Kopf in ihren Schoß gelegt. Julian hat seine Arme ausgestreckt und ihre Brüste mit beiden Händen umfasst. Maren erzählte, dass sie die Stellung in einem Spielfilm aus den 1970er-Jahren, dreizehnjährig, spätabends allein vor dem Fernseher gesehen habe. Die Szene habe sie so erregt, dass sie sich vor dem Fernseher befriedigte. Julian empfand die Stellung dann als anstrengend, wenn der Oberkörper der Frau, bei Fiona war das der Fall, lang ist, zumindest zu lang für seine Arme. Veras Oberkörper und seine Arme passen perfekt. Er wertet das als gutes Zeichen.

■

Er würde das Gefühl auskosten, den Koffer langsam zu öffnen. Darin die grünen Geldscheinbündel. Hundert-Euro-Scheine sind grün. Ein leuchtendes Grün, rhythmisch unterbrochen von den dunklen Ziffern und weich ausfließend in das Weiß der Umrandung. Der Gedanke ist heute intensiv und angenehm und Julian spinnt ihn weiter. Wie er den Koffer vorsichtig schließt, die goldenen Schnappschlösser leise zudrückt. Dann kommt der heikle Teil des Unterfangens. Die Toilette mit dem Koffer unbemerkt verlassen. Ohne jemanden zu treffen. Das kann er nicht beeinflussen, das ist klar. Zumindest, denkt Julian, darf ihm auf der Toilette niemand begegnen. Selbst auf dem Flur und im Treppenhaus auf dem Weg zur Tiefgarage sollte ihn keiner mit dem schwarzen Koffer sehen.

»Was hast du da für einen schicken Koffer, Julian?«

Er würde Clemens' ironischer Frage mit einem Witz, die Hässlichkeit des Koffers betreffend, begegnen.

Clemens würde keinen Argwohn hegen, da ist sich Julian sicher. Britta oder Fiona zu treffen, das wäre heikler. Beide wären sofort im Bilde. Dieser Kunstlederkoffer – er kommt täglich mit einem Alukoffer ins Büro, besitzt vier davon, in verschiedenen Größen – kann nicht ihm gehören. Mit einer Pointe wie für Clemens gäben sie sich, vor allem Britta, nicht zufrieden.

»In dem Koffer? Ach, da ist eine Million Euro drin.«

Flucht nach vorn.

»Was du nicht sagst, Julian, zeig mal.«

Und dann?

Nein, er müsste die beiden abwimmeln.

»Die Unterlagen eines Kunden, hat er gestern bei uns im Büro vergessen.«

Etwas in der Art. Würde Britta das schlucken?

Britta in der Rolle der misstrauischen Augenzeugin, sie stört Julians Geldkofferfantasie. Wie am Schluss eines Films, wo die letzte Einstellung der Kamera ein Bild einfängt, das dem Publikum die ungute Ahnung verpasst, die Handlung, der Schrecken, könnte noch nicht beendet sein. In Julians Kopfkino liegt die Kamera auf Brittas Gesicht. Mit einem spöttischen Zug um ihren Mund. Er spult den Film zurück, bevor Britta ihn im Flur stellt. Und weiter. Zurück an den Anfang, als der Koffer vor seinen Füßen auftaucht. Ganz plötzlich da ist. Lautlos. Fast selbstverständlich. Er hat auf diesen Moment gewartet, ist vorbereitet und bleibt deshalb ganz ruhig. Wäre das Herzklopfen am heftigsten, wenn er den Koffer aufklappte? Oder wenn er die Geldbündel anfasste, die Glätte des hart verleimten Banknotenpapiers spürte? Stopp. Julian zwingt seine Gedanken zur Frage des Abtransports. Klar ist: Niemand darf ihn mit dem Koffer sehen. Er kommt nicht mit einem schwarzen Koffer vom Klo. Noch dazu, da ich ohne Koffer reingegangen bin, haha, witzelt er. Der Koffer muss in sein Auto. Das ist gesetzt. Zum Glück hat er seinen Autoschlüssel, der gar kein Schlüssel ist, sondern ein ovales Plastikding, immer in seiner Hosentasche. Die Toiletten liegen im Erdgeschoss, sein Büro im ersten Stock. Es gibt auch im ersten Stock eine Toilette, doch er bevorzugt die Toiletten im Erdgeschoss. Hier gibt es drei Kabinen nebeneinander und die Toiletten sind weniger frequentiert, da es im Erdgeschoss weniger Arbeitsräume, dafür mehrere Besprechungsräume gibt. Selten passiert es, dass, wenn eine größere Präsentation im Gange ist und gerade Pause, zwei der drei Kabinen belegt sind. Dann weicht Julian in den ersten Stock aus. Keine zehn Meter von den Erdgeschosstoiletten entfernt ist der Fahrstuhl. Sein Wagen parkt auf dem für ihn reservierten Stellplatz, nicht weit vom Aufzug entfernt. Das ist strategisch gesehen topp, freut sich Julian. Alternativ könnte er, malt er sich aus, die Treppen anstatt des Aufzugs benützen. Um nicht das Risiko einzugehen, dass die Türen des Aufzugs aufgehen und ihm jemand gegenübersteht. Das wäre fatal. Er muss, gegen seine Gewohnheit, die Treppen nehmen. Aus seiner Kabine, so viel ist sicher, kommt er ohne jemanden zu treffen – andere Toilettenbesucher hat er noch nie überhört. Heikel ist der Schritt in den Flur. Da kann er jemandem in die Arme laufen. Hat er das Treppenhaus erreicht, ist er fast am Ziel. In der dämmrigen Tiefgarage streben alle dem Aufzug entgegen. Julian parkt gerne rückwärts ein, weil er abends, ohne vorsichtig rückwärts heraustasten zu müssen, losfahren will. Den Koffer legt er nicht, haha, in den Kofferraum. Er möchte sich seiner Anwesenheit mit einem Blick vergewissern können. Er stellt ihn in den Fußraum hinter dem Beifahrersitz. Dort steht er schön aufrecht und kann nicht hin und her rutschen. Und Julian legt – wie sich alles fügt!, freut er sich – die dunkelgraue Decke, die Autodecke, wie sie Maren nennt, die für alle Fälle, wie sie sagt, auf dem Rücksitz zu liegen hat, über den Koffer. Die graue Decke, die von Fahrzeug zu Fahrzeug mit umzieht. Würde er jetzt, beim Losfahren oder an der Schranke, Britta oder Erik treffen, würde er die Fensterscheibe herunterlassen und plaudern.

»Ja, ich muss kurz weg.«

Er hat die Stellung im Büro und genießt das Vertrauen, sodass er nicht verpflichtet ist zu sagen, warum oder wohin. Julian betätigt die Spülung. Beim Aufstehen wird ihm ein wenig schwindelig. Seine Ellenbogen haben rote

Druckstellen auf seinen Oberschenkeln hinterlassen, so lange hat er gesessen. Julian rollt so viel Papier ab, dass er es dreimal falten kann. Selten, wenn das Abputzen kein Ende zu nehmen scheint, faltet er einen doppelt so langen Papierstreifen sechsmal und legt ihn in den Schritt seiner Unterhose. Ein, zwei Stunden später, beim nächsten Gang auf die Toilette, entfernt er die improvisierte Einlage.

▪

Der Wind streicht durch den Rohbau und erkundet das neue Hindernis, das ihm im Weg steht und noch dazu beständig in die Höhe wächst. Ohne Fenster und Türen fällt es dem Wind leicht, neugierig bis in den letzten Winkel das Gebäude zu durchforsten.

Fiona und Julian ziehen die Köpfe ein. Die neongelben Bauhelme thronen auf ihren Köpfen.

Das Gebäude wird, laut Zeitplan, in einem halben Jahr aufhören zu wachsen. Dann beginnt es sich zu verschließen. Irgendwann gibt der Wind auf hineinzugelangen. Zu beschwerlich. Selbst für den Weltmeister des in Ecken und Ritzen Kriechens. Manchmal rüttelt er frustriert bis zornig an dem Widersacher und verbiegt eine Regenrinne, eine Antenne. Fade Erfolge und ohne Belang für das Gebäude. Es ist gewachsen, groß geworden und schwer. Tonnenschwer. Unübersehbar. Ein Mensch muss sich zwanzig Kilometer weit entfernen, erst dann verschluckt die Erdkrümmung das Haus. Allein dichter Nebel kann es verhüllen. Die Nacht? Sie kann noch so dunkel sein und ist nicht dunkel genug, um gegen die Dauerbeleuchtung der Treppenhäuser anzukommen. Stromausfall? Der gäbe der Nacht die Gelegenheit zu einer einmaligen Revanche. Das Gebäude. Sein Gebäude. Sein Entwurf. Regen wird auf das Gebäude fallen. Mal mehr, mal weniger stark. Doch Regen kann dem Gebäude nichts anhaben. Im Gegenteil. Metalle glänzen, die Farbigkeit des Betons wird dunkel, schwer. Nasser Beton hat ein schönes Grau, findet Julian.

»Beton«, schwärmte ein Professor in Julians zweitem Semester, »hat eine Seele aus Wasser.« Reichlich kitschig, denkt Julian. Er hat dieses Zitat nie verwendet und wird es nie tun, doch in seinem Kopf taucht es beständig auf.

Schnee, obwohl ein fragiles, lediglich in einem schmalen Temperaturfenster existierendes Element, tut Gebäuden, findet Julian, nicht gut. Außer in Form einer Lawine kann Schnee Häusern nichts anhaben. Doch er verändert, Stichwort Kitsch, die Stringenz des Entwurfs. Dieses Weiß, das mithilfe des Winds, der froh ist, einen Kompagnon gefunden zu haben, Ecken und Vorsprünge willkürlich und amorph kaschiert und aufgeplusterte Polster, skurrile An- und Aufbauten modelliert.

Fiona und er stehen in dem Rohbau des Versicherungsgebäudes. Sie blicken aus einem der oberen Stockwerke auf einen kleinen Park mit Spielplatz.

»Ungemütlich hier drin«, meint Fiona.

»Noch ist unser Gebäude«, sagt Julian, »eine plumpe Imitation eines Vogelnests. Weniger Schutz bietend als eine Höhle, ein Erdloch, in dem es zwar dunkel ist, dafür windstill und trocken.« Und nach einer Pause:

»Ich liebe diese Rohbauphasen, wenn ein Gebäude von seiner Bestimmung noch so irritierend weit entfernt ist.«

Fiona berührt seinen Arm, und es hätte durchaus eine zufällige Berührung sein können. Julian dreht sich zu ihr um und umarmt sie. Einen Moment halten sie inne, beide überrascht von dem unbekannten, plötzlich so nahen Körper des anderen. Sie küssen sich und Fionas Zunge, eine kecke und energische Zunge, spielt neugierig mit seiner.

▪

Mia ist enttäuscht, dass Henrik ihr Schiff zusammenbaut. Das soll Papa machen. Doch in stiller Übereinkunft haben Henrik und Julian die Aufgaben andersherum verteilt. Julian klebt Laras Haus zusammen und Henrik Mias Schiff.

Mia steht neben ihnen am Tisch und beobachtet, wie Henrik ihren Schiffsbausatz auspackt.

»Wie läuft es bei euch im Büro, Julian? Was macht dein Wettbewerb?«

Julian zögert, überrascht, dass Henrik von dem Wettbewerb weiß. Maren wird ihm davon erzählt haben.

»Gut«, antwortet er, »ja, gut.«

»Komm, Mia«, ruft Lara.

Henriks Tochter ist einen halben Kopf kleiner und zierlicher als Mia, doch sie ist resolut und ihre Stimme klingt aus dem Flur laut und klar. Mia wendet den Kopf, ihre Lippen öffnen sich leicht, doch sie antwortet nicht. Sie blickt zurück zu Henrik, der die Aufkleber für die Segel, eine große gelbe Sonne und unterschiedlich große Möwen, aus der Schachtel holt. Er legt sie zu den bunten dreieckigen Wimpeln für die Takelage.

»Mia!«

Mia verharrt in der Beobachtung von Henriks Tun.

»Geh doch zu Lara, Mia. Sie wartet auf dich.«

Julian berührt sanft den Unterarm seiner Tochter.

»Henrik und ich bauen unterdessen eure Modelle zusammen.«

Julian lächelt Mia an und nickt ihr aufmunternd zu. In ihrem Blick sieht er die Enttäuschung, dass Henrik und nicht er ihr Schiff zusammenbaut. Verrat? Nein, das würde zu weit gehen, doch für Mia eine unerklärliche Rochade. Julian muss sich eingestehen, dass ihm die Reaktion seiner Tochter schmeichelt. Noch dazu, wo er glaubt, dass Henrik nicht ganz bei der Sache ist. Hat Henrik überhaupt schon einmal ein Schiffsmodell zusammengebaut?

»Butterkuchen?«, fragt Henrik.

»Gern«, antwortet Julian.

Henrik steht auf und geht in die Küche. Zurück am Tisch knipst er, während Julian sich ein Stück Butterkuchen angelt, die Teile des Schiffsrumpfs heraus.

»Maren und ich werden nächstes Wochenende Britta besuchen.«

»Britta. Tatsächlich?«, antwortet Julian.

»Wie geht es ihr? Mein letzter Stand ist, dass sie bei md4 arbeitet«, schiebt er hinterher.

Mist, jetzt habe ich einen Fehler gemacht, ärgert sich Julian. Er hat die Verbindungszapfen der Hauswand abgeknipst. Hat sie für Plastikgrate gehalten und akkurat glatt geschmirgelt. Wird schon klappen. Stehen die drei anderen Hauswände, liefern sie genügend Halt, versucht er sich zu beruhigen.

»Britta hat bei md4 aufgehört«, berichtet Henrik, »sie arbeitet jetzt beim Bauamt.«

Julian überlegt, ob es besser wäre, die Positionen vier bis sieben und neun bis elf der Bastelanleitung, den Bau der Veranda, vorzuziehen, sodass die Veranda die Hauswand, der er die Zapfen geraubt hat, abstützen kann. Das ist der Plan, sagt er sich. Er klebt in die Problemwand Fenster und Verandatür ein, vom Hersteller in Pink vorlackiert. Denn sollte es Probleme mit der Statik geben, muss er später so wenig wie nötig an der Hauswand herumhantieren.

»Wie geht es Britta?«, fragt er ein zweites Mal.

»Super«, antwortet Henrik und platziert den zusammengebauten Rumpf, damit er nicht kippen kann, in den Deckel der Schachtel.

Mias Schiff nimmt Gestalt an. Vor zwei Wochen, bei seinem letzten Besuch, hat Julian das Modell eingeschmuggelt und Maren und er haben es konspirativ im Schuhschrank versteckt.

Maren ist nicht begeistert, dass Henrik und er den Esstisch für ihre Bastelei belegen.

»Dann landen alle Plastikteilchen im Kuchen«, begrüßt Maren Julian in der Tür.

Maren hat in ihrer Ehe eine spröde Art der Begrüßung entwickelt. Entwickelt? Oder immer schon gehabt? Sie öffnet die Tür, erwidert kurz sein Lächeln, um sich sofort umzudrehen, als fiele ihr ein Topf ein, der auf dem Herd überzukochen droht. Maren begrüßt nicht, sie öffnet die Tür. Irgendwann hat er aufgehört zu klingeln, hat die Tür aufgeschlossen und ein »Hallo, ich bin's« in den Flur gerufen.

Maren begrüßt Henrik, Julian hat es beobachtet, flüchtig, gönnt auch ihm, findet er, keinen allzu langen Blickkontakt, doch sie fasst mit beiden Händen kurz und entschieden seine Unterarme.

»Der Rumpf ist fertig. Bald kann das Schiff das Trockendock verlassen«, meint Henrik.

Schön ist er geworden, der Rumpf, findet Julian.

Vor allem die rote umlaufende Linie, eine Doppellinie, hat Henrik mithilfe von Klebeband gerade und gleichmäßig im Farbauftrag lackiert.

»Deine Reederei wird zufrieden sein«, lobt Julian.

»Du baust Mias Schiff zusammen, Henrik?«, fragt Maren, während sie Julians Teller abräumt.

Henrik hat sein Stück Butterkuchen noch nicht angerührt. Julian lauscht dem Klang in Marens Frage. Steckt Überraschung darin? Marens an ihn gerichtete Frage, ob er noch ein Stück Kuchen wolle, bejaht er.

Mit Häusern müsste ich mich doch auskennen, denkt er und studiert die Bauanleitung von Laras Sommerhaus, während er von Marens Butterkuchen, der ihr immer, auch heute, gut gelingt, abbeißt.

Die Freude an dem süßen Bissen wird getrübt, denn er sieht sich vom Problem der abgeknipsten Zapfen eingeholt: Trotz des reichlichen Einsatzes von Klebstoff – das ist im Inneren des Hauses, das sieht man nicht – will die Stirnwand nicht stehen bleiben. Und sein Argument, man könne den dick aufgetragenen Klebstoff nicht sehen, zerplatzt: Das Dach von Laras Sommerhaus lässt sich abheben, um auch innen spielen zu können.

Er isst den Rest Butterkuchen auf seinem Teller.

Ich liebe Maren nicht mehr, doch ihren Butterkuchen werde ich immer lieben, feixt Julian in sich hinein.

Die Hauswand bleibt nicht in Position. Er hat die Kontaktflächen zu den angrenzenden Seitenwänden stabiler eingeschätzt. Da hilft nur noch mehr Klebstoff.

Er bittet Maren um ein weiteres Stück Butterkuchen, obwohl er sich vorgenommen hat, es bei dreien zu belassen. Eines vor, eines während des Hausbaus und ein Stück als Belohnung danach. Maren stellt ihm den Kuchenteller hin und aus einem leisen Gefühl der Scham schaut Julian nur kurz zu ihr auf.

»Wie gesagt, Julian. Maren und ich besuchen Britta am nächsten Wochenende.«

»Ja klar, Mia freut sich ebenfalls«, antwortet Henrik auf Julians Nachfrage

»Anton, Brittas Neffe, wird zu Besuch kommen«, fährt Henrik fort, »mitsamt seinen Meerschweinchen.«

Mia liebt Tiere. Sie fühlt sich zu ihnen hingezogen, ob sie gefiedert sind, ein Fell tragen oder keines. Selbst Insekten begegnet sie voller Interesse und Respekt.

»Meerschweinchen? Gleich mehrere?«

»Zwei. Ein Pärchen«, antwortet Henrik.

In Julians Vorstellung taucht ein achtjähriger Junge auf, der links und rechts ein Meerschweinchen im Arm trägt. Alle drei halten für die Fotografin, Tante Britta, tapfer still und blicken in die Kamera, ohne zu blinzeln.

»Und was machen Maren, Britta und du? Auch mit Antons Meerschweinchen spielen?«

»Da wird uns schon was einfallen«, antwortet Henrik.

Julian kann aus Henriks Stimme nicht heraushören, ob er Julians Ironie nicht versteht oder sie geflissentlich übergeht. Auch in Henriks Gesicht findet er keinen Anhaltspunkt für die eine oder andere Variante.

»Na, ihr zwei Bastelbuben, klappt alles?«, ruft Maren aus der Küche.

»Henrik hat die Einladungen zum Stapellauf schon verschickt«, ruft Julian in die Küche zurück, »und du bist die Taufpatin.«

Henrik lacht, auch Maren hören sie in der Küche lachen.

»Und den Rest Champagner«, sagt Henrik, »den trinken wir auf der Veranda von Laras Sommerhaus. Wann ist das Richtfest, Julian?«

»Du fragst Sachen«, flötet er. »Die Baufirma sagt, sie hätte Lieferschwierigkeiten mit dem Dämmmaterial und könnte den anvisierten Termin nicht einhalten, es sei denn, sie würde bei den Monteuren aufstocken.«

»Was natürlich«, so Henrik, ganz im Bilde, »Mehrkosten bedeutet.«

»Ganz genau«, pflichtet Julian bei, während er A und U von »genau« lang dehnt.

Henrik beißt zum ersten Mal von seinem Butterkuchen ab, was Julian zum Anlass nimmt, in die Küche zu gehen und Maren um ein Stück zu bitten. Sie reicht ihm ein Messer und er schneidet sich ein Stück aus der Mitte, mit vielen Mandelblättchen darauf, heraus. Randstücke mag er weniger.

»Wir freuen uns auf die Tage bei Britta. Mal was anderes sehen und erleben«, sagt Henrik.

»Britta«, antwortet Julian, »wird einige Ideen haben, was sie mit euch vorhat.«

»Aber sicher«, lacht Henrik, überraschend laut.

»Britta«, berichtet Henrik – Julian hat es bereits vor Monaten im Internet recherchiert –, »lebt mit Moritz in Wohldorf-Ohlstedt, dem nordöstlichsten Zipfel von Hamburg.«

»Das ist nicht mehr Hamburg«, meint Julian.

»Ja, Provinz, Landadel-Provinz«, pflichtet Henrik bei.

»Sie wohnen«, fährt Henrik fort, »in einem alten Rathaus.« Altes Schulhaus, weiß Julian von seiner Recherche, doch er beherrscht sich und korrigiert Henrik nicht.

Julian hat Brittas Straße mit dem *Google-Street-View*-Kameraauge besucht. Die alte Schule wurde verpixelt dargestellt, doch er erkannte leicht, dass es sich um ein Gebäude aus den 1960er-Jahren handelt. Ein interessantes Gebäude, keine norddeutsche Landhausromantik, womöglich mit reetgedecktem Dach, was nicht zu Britta passen würde.

»Jetzt kümmere ich mich um Masten und Takelage«, verkündet Henrik.

»Seit wann habt ihr Kontakt zu Britta?«, fragt Julian.

Henrik richtet die Masten auf, verleimt sie und Mias Schiff sieht von einem Augenblick zum anderen richtig imposant aus.

»Das war vor zwei Jahren«, antwortet Henrik.

Da muss Britta, schlussfolgert Julian, kurz vor dem Absprung bei Lenz & Partner gewesen sein.

»Maren und du, ihr seid doch noch keine drei Jahre zusammen?«, fragt Julian.

Scheinheilig, seine Frage. Er kennt das Datum.

Es war im Juli 2022. Maren und Mia waren auf einem Bauernhof am Plöner See. Mia wurde, sie hat es ihm, noch ganz aufgeregt, am Abend am Telefon erzählt, zweimal von einer Biene gestochen.

»Von ein und derselben Biene?«

»Nein, Papa«, antwortete Mia resolut.

»Beim Frühstück, als ich die Cornflakes gegessen habe, hat sie mir in die Lippe gebissen.«

»Gestochen«, korrigierte sie Julian.

»Und mittags, auf der Wiese, in die Stirn. Und Henrik hat beide Male den Stachel herausgezogen.«

»Henrik?«

»Henrik macht mit Lara auch Bauernhofurlaub«, antwortete Mia.

Am anderen Ende der Leitung, eine Formulierung aus der Frühzeit der Telefonie, hörte er den unregelmäßigen Atem seiner Tochter.

»Gibst du mir die Mama, Mia-Schatz?«

Maren hat Julian gegenüber Henrik, den Retter in der Bienen-Not, nicht erwähnt. Es war ein kurzes Gespräch – nein, das Wasser ist nicht zu kalt, ja, das Essen ist wirklich gut. Jetzt sitzt Henrik ihm gegenüber an Marens Esstisch, der früher Marens und sein Esstisch war, und verknotet, eine gute Idee, wie Julian findet, in regelmäßigen Abständen die Takelage. Die kleinen Kügelchen imitieren die Komplexität des Geflechts an Tauen des Originals. Und dazwischen hängt Henrik die bunten, dreieckig vorgestanzten Wimpel. Ob Henrik, fragt sich Julian, etwas mit Britta gehabt hat?

»Auf welchen Namen will Mia ihr Schiff taufen?«

»Das müssen wir Mia fragen«, antwortet Julian.

Henrik und Maren teilen sich ein Stück Butterkuchen, das vorletzte.

»Kein Problem, Julian, greif zu«, beteuert Henrik.

Julian schnappt sich das letzte Stück vom Blech. Ein Randstück. Maren, Henrik und er rufen im Chor nach Mia und Lara. Henrik und Julian bilden Schulter an Schulter einen Sichtschutz vor Schiff und Haus. Die Mädchen, aufgedreht vom gemeinsamen Spiel in Mias Kinderzimmer, quieken vor Freude, als Henrik und Julian zur Seite treten. Mia hebt, mit offenem Mund, vorsichtig ihr Schiff in die Höhe. Lara klappt an ihrem Haus nacheinander alle Fenster auf. Als sie die Verandatür öffnet, ist Julian froh, dass die Tür nicht klemmt. Er musste an der Unterkante einiges abfeilen, da durch seine Rettungstat in Sachen Stirnwand ein Höhenunterschied zum Verandaboden entstanden war.

»Meine *Villa Kunterbunt*«, ruft Lara.

Julian hat die Buchstaben in einem Halbkreis über die Eingangstür gemalt.

»*Villa L* hätte auch gut geklungen«, raunt er Henrik zu, »und hat neun Buchstaben weniger.«

»Dafür«, entgegnet Henrik feixend, »musste ich *Nemo* zweimal schreiben.«

■

Der Ratzeburger See. An manchen Tagen wirkt er auf Julian regelrecht imposant, an anderen mickrig. Maren, Mia und er spazieren vom Parkplatz am nördlichen Ufer in östliche Richtung und machen an *ihrer* Parkbank Rast. Mia zieht es ans Wasser.

»Wie wäre es zur Abwechslung mit dem Ratzeburger See?«, antwortet Julian lachend auf Marens Frage, wohin sie am Wochenende einen Ausflug machen könnten.

»Oh ja!«, retourniert Maren.

Irgendwann, zu spät, ist Julian aufgefallen, dass Maren nicht mehr mit einem exaltierten »Oh ja!« antwortete. Dann hätte er ahnen können, dass der Ratzeburger See als Ausflugsziel ausgedient hatte.

Hätte es etwas geändert? Vielleicht hatten ja alle Ausflugsziele ausgedient, nicht weil die Ziele uninteressant geworden sind, sondern er, der Ausflugspartner.

▪

Maren und Julian schlafen am Sonntagmorgen regelmäßig miteinander. Nach dem Sex, der abwechslungsreich und der gut ist und sie beide befriedigt, erscheint Julian die Fortsetzung des Sonntags in Form eines rentnerhaften Autoausflugs statthaft. Zwischen diesen zwei Tagesordnungspunkten geht er zum Bäcker und kauft Brötchen und Croissants. Ein Croissant genehmigt er sich auf dem Weg zurück nach Hause. Bestellt sich Mia ein Himbeertörtchen, verfährt er genauso: Er kauft zwei und isst eines im Gehen. Der Boden des Törtchens ist fest genug, um es aus der Hand zu essen. Sein Vorhaben verschleiert er:

»Bitte die zwei Törtchen auf separate Pappteller. Genau, ein Mitbringsel. Vielen Dank.«

In der nächsten Seitenstraße, außer Sichtweite der Bäckerei, ist ein Hauseingang. Der Eingang zu einem Büro. Sonntags arbeitet darin niemand und der Eingang ist gepflegt. Wenn es das Wetter erlaubt, die vier Stufen zur Eingangstür trocken sind, dann setzt sich Julian hin. Pappteller und Einwickelpapier empfängt ein Papierkorb keine hundert Meter entfernt. Von Nachtschwärmern ist der Papierkorb prall gefüllt, Pizzakartons und Plastikflaschen quellen aus dem rechteckigen Schlitz heraus. Seine zu einem flachen Kuvert gefaltete Törtchenverpackung schiebt Julian dazwischen.

Manchmal verliert sich Julian in der abstrusen Vorstellung, Maren, er hat ihr nie von seiner Wegzehrung in Form von Croissant oder Himbeertörtchen erzählt, würde zufällig, am nächsten Tag, der Mülleimer ist noch nicht geleert, sein akkurat gefaltetes Kuvert entdecken und, intelligent wie sie ist, die richtigen Schlüsse ziehen. Dann spinnt er den Gedankenfaden weiter, dass seine Vorgehensweise zwar gut, aber nicht fehlerfrei ist. Er müsste einen Papierkorb nehmen, der entweder leer oder nicht ganz so voll ist, oder am besten einen Papierkorb wählen, der nicht auf dem Nachhauseweg liegt.

An diesem Punkt erlahmt Julians Interesse an seinem Gedankenspiel und er wischt sich den Mund ab, damit keine verräterischen Croissantspuren zu sehen sind.

Maren hat sich mittlerweile, wie sie sagt, zurechtgemacht. Er freut sich auf die Autofahrt, wenn sie sich in den Schwarm bunter Fische, Autos, einordnen. Aus der Entfernung eine ununterscheidbare Masse, mitten darin genießt Julian den flüchtigen Moment, wenn er ein rares Exemplar entdeckt, das sie überholt oder ihnen entgegenkommt.

▪

Mia schlüpft weinend in sein Bett. Julian wacht auf und ist kurz orientierungslos. Das Sonnenlicht fällt von der falschen Seite, von rechts, in das Zimmer. Und Vera fehlt neben ihm. Ein gemeinsames Wochenende von Vater und Tochter. Ein zweitägiger Ausflug ans Meer. Julian nimmt Mia in den Arm und tröstet sie. Er kann nachempfinden, wie sie aus Träumen aufgewacht und heftiger als er von der Fremdheit des Hotelzimmers überrascht worden ist. Am Nachmittag besuchen sie Lübeck. Backsteingotik. Maren und er haben im Vorfeld überlegt, wie viele Übernachtungen, eine oder zwei, der Vater-Tochter-Kurztrip dauern könnte. Er hat lange auf zwei Übernachtungen beharrt, um sich jetzt einzugestehen, dass ihm eine Übernachtung lieber ist. Die vergangenen Monate bescherten ihm viel Stress. Zum Glück macht ihm Vera keine Vorwürfe.

»Ich treffe mich heute Abend mit Karen. Und am Sonntagvormittag gehe ich schwimmen. Ich weiß mich zu beschäftigen, Julian.«

Und Maren?

Wie fühlt sich für sie ein Wochenende ohne Mia an? Zumindest lässt sie sich nichts anmerken. Oder ihm fehlt die Gabe, aus ihrer Stimme herauszuhören, wie es ihr dabei geht. Beim Abwägen des Für und Wider von ein oder zwei Übernachtungen lässt sich Maren nicht in die Karten schauen. Eine Bemerkung zeigt eine gewisse Angriffslust.

»Ein Ausflug nach Lübeck? Du weißt, Julian, wie spannend das für zehnjährige Mädchen ist?«

Er hat Maren geliebt, auch ihre Kratzbürstigkeit. Zumindest hat er das geglaubt. Mia telefoniert am Abend mit Maren. Das Telefonat fällt kürzer aus, als Julian gedacht hat. Hauptsächlich schwärmt Mia vom *Eiscafé Venezia.*

»Das beste Erdbeereis, das ich jemals gegessen habe, Mama!«

Mia bestellt immer Erdbeereis, während er Schokolade oder Stracciatella bevorzugt. Stracciatella ist am Samstagnachmittag im *Eiscafé Venezia* ausverkauft, sodass er sich für eine Kugel Pistazie neben der Kugel Schokolade entscheidet.

»Sieht lecker aus«, lobt er in Richtung der jungen Verkäuferin, die ein Hütchen in Gondelform tragen muss.

Sie lächelt ein wenig gequält, was er auf das Hütchen schiebt. Er gibt großzügig Trinkgeld. Das Eis ist günstiger als in Hamburg, dabei sind die Kugeln, sie gleichen elliptischen Kieselsteinen, riesig. Es ist ein heißer Tag und die Münzen des Restgelds gleiten warm in seine Hosentasche. Die Schlange vor der Eisdiele ist lang und die Lücke am Tresen, die Julian hinterlässt, wird sofort von dem blonden Riesen geschlossen, der sehr dicht hinter ihm, zu dicht, angestanden hat. Das Eis schmilzt zügig und an seiner Hand spürt er eine sich nähernde, vorantastende Kühle. Er entdeckt Mia und sie suchen in einem Hauseingang Deckung vor der Sonne. Julian fragt Mia, ob er ihr Erdbeereis probieren dürfe.

»Mmh, lecker, ein super Erdbeereis!«, schwärmt er.

Sein Schokoladeneis möchte Mia nicht probieren.

»Schoko ist langweilig«, meint sie.

Sie schlendern durch die Altstadt von Lübeck, die weitläufiger ist, als er es in Erinnerung hat. Auch die Fotos im Internet suggerieren eine heimeligere Intimität. Die Sonne, obwohl Ende August, hat eine Schärfe, die Julian schwitzen lässt. Mia übernimmt die Kontrolle über Geschwindigkeit und Wegstrecke ihres Stadtbummels. Julian forscht nach letzten Aromen von Schokoladen- und Pistazieneis in seinem Mund. Er lächelt Mia zu und sie lächelt zurück. Sollten sie nochmals beim *Eiscafé Venezia* vorbeikommen, würde er Mia und sich ein zweites Eis spendieren. Dafür sind Vater-Tochter-Ausflüge da. Herumbummeln und Eis essen. Seine Gedanken sind angenehm leicht und ziellos. Sie streifen das Büro, den Wettbewerb, ohne sich dort zu verfangen. Er betrachtet die Lübecker Passantinnen und Passanten und malt sich aus, wohin die eine oder der andere geht, wo die Frau mit der großen Sonnenbrille wohnen mag, was der gut gekleidete Mann von Beruf ist.

Mia und er kommen zu einem Platz, in dessen Mitte, neben einem Brunnen, ein Junge, Julian schätzt sein Alter auf zwölf Jahre, seinen Cellokasten öffnet. Der Junge setzt sich auf einen mitgebrachten Klappstuhl und klemmt das rotbraun glänzende Instrument zwischen die Beine. Bevor er einen Ton gespielt hat, landet eine Münze in seinem Instrumentenkoffer. Eine junge Frau honoriert Absicht und Mut des Jungen und geht weiter, wartet nicht ab, ob und was der Junge spielen wird. Er beginnt zu spielen. Mia lauscht gebannt. Später wird Julian ihr einen Fünf-Euro-Schein geben, den sie schüchtern und hastig in den Instrumentenkoffer wirft. Julian betrachtet unterdessen die Fachwerkhäuser um sie herum. Seit einem halben Jahrtausend, schätzt er, stehen diese Häuser. Er anerkennt die Robustheit der Konstruktion, doch die Ästhetik bleibt ihm fremd. Die kleinen, unregelmäßig verteilten Fenster, deren Position sich aus dem Diktat des Fachwerks ergibt. Die Balken, die Dächer, die ganzen Häuser, gekrümmt und verdreht von der Zeit. Ähnlich den Unterarmen alter Männer, findet Julian, wo die Adern bläulich, in willkürlich verschlungenen Bahnen hervortreten, da Muskeln und Fettschicht im Lauf der Jahre verschwunden sind.

■

Wieder dieser Traum. Geträumte Erinnerung. Unscharfe Grenze zwischen den Elementen Luft und Wasser. Dazwischen die Uhr, die silbrig glänzend um die eigene Achse rotiert. Durch die Lichtbrechungen des Wassers erscheint die Uhr mal kleiner, dann wieder größer. Ein irritierendes Phänomen. Als würde sie nicht herabsinken, sondern auf und nieder tanzen. Lass dich nicht täuschen, sagt sich Julian in seinem Traum, tauch hinterher. Er nimmt die Hände vom Bootsrand und taucht. Er sieht die Uhr sofort. Zu seiner Überraschung ist sie noch nicht weit gekommen. Er versucht, tiefer zu tauchen, nur zwei Armlängen ist die Uhr entfernt, doch er kommt nicht voran. Das Element, das ihn umhüllt und vorgibt, es wäre Wasser, verhält sich anders als gewohnt. Julian, ein guter Schwimmer, müht sich, doch seine Schwimmbewegungen bringen ihn der Uhr nicht näher. Seine Hüfte scheint aufgeblasen, eine Boje, die ihn hindert, abzutauchen. Die Armbanduhr hält inne, ein kleines lebendiges Wesen, das Rücksicht nimmt auf den großen trägen Spielpartner. Dann dreht sich die Uhr und Julian greift nach ihr, will den Moment ausnutzen, denn sie dreht sich selbstverliebt und wirkt sorglos dabei. Julians Griff geht ins Leere. Er greift nochmals zu und glaubt das Gewicht der Armbanduhr mit dem Gliederarmband in seiner Hand zu spüren. Eine Täuschung. Oder die Uhr hat sich aus seinem Griff herauswinden können – Julians Hand ist leer. Voller Hohn tänzelt die Uhr dicht vor ihm. Lockt ihn. Julian bekommt Angst. Angst vor der Tiefe, in der sie sich mittlerweile befinden müssen. Er greift in Richtung der Uhr, die seinen Fangversuch provoziert hat, denn erneut hat sie ihren Tanz verlangsamt. Der nächste erfolglose Versuch. Weiß die Uhr um die Unterlegenheit ihres Jägers? Julian hat die Frage schon lange mit »Ja« beantwortet. Er greift ein letztes Mal, mechanisch, nach der Uhr, dort, wo er sie vermutet, denn er orientiert sich mittlerweile nach oben, zur Wasseroberfläche. Ein Fausthieb. Ansatzlos. Wuchtig. Mitten in seinen Bauch. Wo ist sie, die Wasseroberfläche? Wo ist oben, wo unten? Urplötzlich ist ihm heiß. So heiß, als würde das Wasser kochen. Er rudert mit den Armen und der Widerstand, der bisher groß war, seine Schwimmbewegungen so beschwerlich gemacht hat, dieser Widerstand ist weg. Meistens wacht er an diesem Punkt auf. Einmal hat er sich die Schulter gezerrt, weil er, immer noch schwimmend, im Bett anlandete. An seinem Arm eine Uhr, doch nicht die, von der er träumte. Die Uhr, die er sich nach einem Jahr bei Lenz & Partner gegönnt hat, liegt auf dem Grund des Ratzeburger Sees. Versenkt bei einer Ruderpartie mit Maren und Mia. Der Verschluss des Armbands hatte sich geöffnet, als er sich, vom Schwimmen zurück, mühsam über die Bordwand zurück ins Boot zog.

»Papa, da. Tauch hinterher, schnell!«, hat Mia gerufen.

Er hat es ganz genau im Ohr.

■

»Lass uns noch kurz Schabernack treiben.«

Mia lächelt milde, sie kennt die altertümlichen Formulierungen ihres Vaters. Manchmal, findet Julian, lächelt Mia exakt das Lächeln ihrer Mutter. Marens Andeutung eines Lächelns.

Mutter und Tochter. Maren und Mia. M+M.

Julian war irritiert, dass Maren, vor zehn Jahren, als sie gemeinsam nach einem Namen für ihre ungeborene Tochter suchten, »Mia« vorgeschlagen hat.

»Das ist nicht zu vergleichen. Du übertreibst, Julian!«, entgegnete sie, als er meinte, er könne »Julia« als Namen ins Spiel bringen.

Vater und Tochter versuchen sich gegenseitig zu kitzeln und er ist überrascht von Mias Kraft.

»Du kitzelst ja nicht, du boxt!«, ruft er mit theatralisch schmerzverzerrtem Gesicht.

»Jetzt ist gut, Mia. Papa hat gesagt, er muss gehen.«

Maren ist aufgestanden, während sie das sagt. Und zu ihm gewandt: »Du kannst deine Kollegin nicht so lange im Auto warten lassen.«

Maren blickt aus dem Fenster.

»Ist das dein Auto, Julian, das silberne? Und du hast deine Kollegin – wie heißt sie noch mal? – nicht gefragt, ob sie auf einen Kaffee mit hochkommen will?«

»Natürlich habe ich sie gefragt. Almut, so heißt sie übrigens, wollte noch ein Telefonat führen und auch keine Umstände machen. Außerdem habe ich gesagt«, glaubt er sich rechtfertigen zu müssen, »dass ich nur kurz vorbeikommen würde, um Mias kaputte Schreibtischlampe auszutauschen.«

»Wohin fahren du und Almut?«, fragt Mia.

»Wir fahren auf eine große Baustelle, Mia-Schatz.«

▪

Julians Gedanken fliegen weit und sehen aus der Höhe eine große grüne und darin eine kleine rechteckige Fläche, gebildet aus zwei Decken, einer hellgrauen und einer bunt gemusterten. Auf diesen Picknickdecken sieht er jemanden liegen. Sich selbst. Obwohl das Gras nicht trocken ist, nicht sein kann, denn es ist ein regnerischer Sommer und die Luft ist schwül, piesacken Julian die Grashalme. Sie stechen in seine Handflächen, wenn er sich, um seine Position zu verändern, abstützt und dabei mit seinen Händen neben die Deckenflächen gerät. Besonders störrische Gräser spürt er durch die Decken hindurch.

»Mein Prinz auf der Erbse«, zieht ihn Maren auf.

Neben den Spitzen der Grashalme melden Julians Rücken, Po, Schultern, Bauch und Hüfte, je nachdem, ob er auf dem Rücken oder dem Bauch liegt, die Feuchte des Grases. Schnell unangenehm wird das. Stützt er sich, auf dem Bauch liegend, mit den Unterarmen ab, um überhaupt mit Maren eine Unterhaltung führen zu können, tun ihm die Schultern weh. Dann sucht er Linderung, indem er sich von einer auf die andere Seite wälzt. Was die Lastverteilung anbelangt, scheint Sitzen am bequemsten, doch der runde Rücken, mit dem er dasitzt, rebelliert ebenfalls.

Bei ihrem ersten gemeinsamen Picknick im Spätsommer 2004 hat sich Julian seine hellgraue Hose ruiniert. Er musste sich unbedacht neben den Decken hingekniet haben. Maren versuchte am nächsten Tag hartnäckig, das Grün zu entfernen – es gelang ihr nicht, zu tief und fest hat es sich in die Fasern gepresst.

Was Julian am Picknick schätzt, ist der Picknickkorb. Maren ermahnte ihn, auf der Hinfahrt im ausgeliehenen Renault Twingo ihrer Mutter nicht schon alle Kekse aufzuessen, dabei gönnte er sich nur einen einzigen, zum Probieren, wie er meinte.

Marens Bananenkuchen, der erste Kuchen, den sie für ihn backte, sie waren keine zwei Wochen zusammen, war für ihn eine Sensation. Er mochte Bananen und er mochte Kuchen, beides kombiniert kannte er nicht. Maren aß selten mehr als ein Stück Kuchen. Ein zweites Stück, argwöhnte er zum Ende ihrer Beziehung, wo er überall und in allem Geringschätzung gegenüber sich witterte, aß sie nur, weil sie es ihm nicht gönnte.

Nach ihrem ersten Picknick, das für seine Hose so unglücklich verlief, bat ihn Maren noch, er möge die letzten drei Kekse essen, damit sie sie nicht wieder mit nach Hause tragen müssten.

Wann hat unsere Entfremdung begonnen?, fragt sich Julian und blättert in seiner Erinnerung zurück.

»Was ist das, Julian?«

»Zwei Croissants«, hört er sich antworten.

Ein Sonntagmorgen im Frühjahr 2008, Maren und er waren frisch zusammengezogen.

»Du solltest Brötchen kaufen, Julian.«

Artig öffnete er die zweite Papiertüte, in der vier Brötchen lagen. Auftrag erfüllt. Zuoberst das von Maren bestellte Dinkelvollkornbrötchen.

»Das war das letzte Exemplar«, verkündete er stolz.

»Und ich war eben in Croissant-Laune«, fügte er hinzu.

Er hat zwei Croissants gekauft, obwohl er weiß, dass Maren Croissants zu fettig sind.

Er fragte sich, warum Maren ihm sein Croissant nicht gönnte. Die speckige, jedoch nicht schlaffe Weichheit seines Körpers schien sie zu mögen, griff, wenn sie miteinander schliefen, fest mit ihren Händen hinein.

»Dann«, so Maren, »probiere ich heute auch mal ein Croissant.«

■

Das Bild im Flur hängt leicht schief. Julian richtet es gerade aus. Eine Radierung. Mehrfarbig. Vier Farben? Egal. Der Strahler an der Decke, von ihm selbst angebracht, gehört anders ausgerichtet. Julians Schatten verdeckt einen Teil der Radierung. Sie zeigt einen ebenmäßig gewachsenen Baum, der weder Blätter noch Früchte trägt. Hingenagelt an den Stamm des Baumes hängt ein Bild mit einem knallroten Apfel. Bild-in-Bild-Paradox. Maren hat die Radierung vor Jahren von einer Freundin geschenkt bekommen und jetzt, nach seinem Auszug, im Zuge ihrer Neu- und Umgestaltung der Wohnung, aufgehängt.

Mias Zimmer erscheint Julian recht kühl.

Auch Marens Werk.

»Hallo, Papa.«

Kurz nach der Trennung hat Mia ihn ein-, zweimal Julian anstatt Papa genannt. Das war verletzend. Julian klang aus Mias Mund so, als spräche sie nicht mit ihm, sondern über ihn. Sein Mitbringsel, eine Giraffe, sortiert Mia zielstrebig zu ihren anderen Tierfiguren ein. Er verkneift sich zu fragen, ob sie ihr gefällt. Genauso verkneift er es sich, nach der Schule zu fragen. Mia schaut ihn an und in ihrem Blick liegt die Frage:

»Was machen wir jetzt, Papa?«

Sie beantwortet sie selbst, indem sie aus ihrem Kleiderschrank einen Schuhkarton herausholt. Mia führt Julian, mit gebremster Euphorie und ein wenig pflichtschuldig, wie ihm scheint, ein Paar weiße Turnschuhe vor, die sich mit Stickern verzieren lassen. Auf was die Produktentwickler so alles kommen, denkt er sich.

»Wow, klasse!«, kommentiert Julian, als Mia ein rotes, glitzerndes Herz auf den Turnschuh heftet.

»Sneaker«, korrigiert ihn Mia.

»Oh ja, der Sticker ist auch super!«

Nach einer Weile gehen ihm die Lobesworte aus.

Mia heftet immer neue Motive auf die Schuhe, das Arsenal scheint unerschöpflich und sie möchte es ausnahmslos vorführen.

»Sarah hat mir diesen hier kaputt gemacht.«

Mia reicht ihm ein Emoji, das so heftig lacht, dass ihm links und rechts Tränen aus den Augen quellen. Das Motiv scheint unversehrt, da bemerkt Julian, dass auf der Rückseite die Klettfläche fehlt, sich abgelöst hat. So erklärt er es Mia und nimmt ihre Freundin Sarah in Schutz, ohne sich sicher zu sein, dass Sarah, weil sie Mia das Emoji nicht gönnt, das Klettband nicht absichtlich entfernt hat.

»Das kann dir Mama reparieren«, sagt er.

»Nicht schlimm«, antwortet Mia.

Überraschend lapidar, wie er findet. Entweder ist das Motiv bei seiner Tochter nicht mehr wohlgelitten oder sie möchte Sarahs schlechtes Gewissen als Faustpfand konservieren.

»Welches Fach in der Schule magst du besonders gern?«

Mia blickt ihm in die Augen, als könne sie seine Gedanken lesen: Ich wollte nicht nach der Schule fragen. Sie hat das Graublau seiner Augen, den Blick hat sie von Maren.

»Schule ist okay.«

»Welche Lehrerin, welcher Lehrer ist am nettesten?«

Mia denkt nach.

»Dein Klassenlehrer vielleicht?«

Mia hat tatsächlich einen Klassenlehrer. Das ist in den Hamburger Grundschulen eine Seltenheit. Julian fällt sein

Name nicht ein, dabei hat er ihn auf zwei Elternabenden kennengelernt.

»Ja«, antwortet Mia, »Herr Burkhardt ist okay.«

Sie legt die Sneaker in die Schachtel zurück. Am Boden des Kleiderschranks sind auf ganzer Breite Schachteln eng gestapelt. Sie glänzen, dick mit Klarlack überzogen, in verschiedenen Farben und Mustern. Mia schiebt die Sneaker-Schachtel dazwischen und das erzeugt ein furzendes Geräusch. Julian grinst und muss lachen. Mia verharrt unbeweglich. Dann bebt ihr Rücken und sie beginnt zu weinen. Julian nimmt Mia in den Arm und streicht ihr über das Haar.

»Mensch, du. Alles gut. Ist nicht schlimm«, beschwört er zärtlich seine Tochter.

▪

Julian bemerkt, dass Mia mit fünf, sechs Jahren, genauso wie er in dem Alter, die außen an der Tubenspitze festgetrockneten Klebstoffkügelchen isst. Er fragt sich, ob Mias Erkundungen so weit gehen wie seine eigenen, als er sich mit seiner Zunge an die geöffnete Tube wagte. Der scharfe, prickelnde Tanz, den der flüssige Klebstoff beim Kontakt mit seiner Zunge vollführte, war verblüffend. Ist es die Übereinstimmung ihrer Erkundungen, die ihn davon abhält, Mia zu tadeln?

▪

Julian liegt seit einer Stunde wach. Maren schläft eingerollt neben ihm und gibt keinen Laut von sich. Die Morgendämmerung wagt sich durch die schmalen rechteckigen Schlitze der geschlossenen Rollläden. Am linken Rollladen zählt Julian vier Reihen an Lichtschlitzen, während der rechte Rollladen nur eine Reihe zulässt. Die Parameter für gutes Schließen eines Rollladens, überlegt Julian, sind das Eigengewicht des Rollladens, die Passgenauigkeit der Lamellen und die Qualität der Führungsschienen. Sind sie exakt und ohne Krümmung montiert? Verschmutzt? Korrodiert? Das Ziel jedes Rollladenherstellers, sinniert Julian, sollte sein, dass sich seine Rollläden komplett schließen lassen und keine Lichtschlitze offen bleiben.

Bei der heutigen Präsentation spielen Rollläden keine Rolle. Nein, absolut nicht. Keinen Gedanken hat er bei seinem Entwurf an die Ausführung der Fenster verschwendet. Heute geht es um die Konzeptidee. Das große Ganze.

Intensiv, intensiver als sonst, überlegt er, wie er seine Präsentation beginnen soll. Er neigt dazu, weit auszuholen. Das nimmt er in Kauf, um nicht den Fehler zu machen, den er als schwerwiegender erachtet als eine weitschweifende Einleitung, das Publikum zu überrumpeln. Läuft es gut, schlägt er gerne einen Haken, baut eine Pointe ein.

»Einundzwanzig Mal hast du Blickachse gesagt«, hielt ihm Erik spaßeshalber vor, als sie am Abend nach einer Präsentation beim Bier zusammensaßen.

Julian erinnert sich nicht mehr an seine Antwort – sie muss lustig gewesen sein, denn dass Britta, Fiona und Erik lachen, daran erinnert er sich gut. Julian beendet die Gedanken an die Präsentation. Rollläden und deren Passgenauigkeit habe ich durchdekliniert, sagt er sich.

Gestern Abend schilderte ihm Mia beim Zubettbringen auf seine Frage, was sie am Nachmittag gemacht habe, ihre Fahrradrunde. Route und Etappen von Mias Runde folgen einem eisern geschmiedeten Plan. Erstes Etappenziel ist der Kiosk vom Ehepaar Vollmer.

»Herr Seitz, Ihre Mia ist unsere treueste Leserin – treueste Kundin wäre noch schöner.«

Herr Vollmer lacht über seine Pointe, die, spürt Julian, nicht böse gemeint ist. Dennoch kauft er seitdem auf dem Weg nach Hause regelmäßig bei Vollmers ein. Mal eine Zeitschrift, dann bunte Aufkleber oder Süßigkeiten.

»Aha, das Vollmersche Mitbringsel«, meint Maren süffisant.

Eines Tages fragt ihn Frau Vollmer, wie es Mia gehe.

»Gut, Frau Vollmer«, antwortet Julian.

»Ich frage deshalb«, so Frau Vollmer, »weil wir Ihre Mia schon lange nicht mehr gesehen haben.«

Maren klärt ihn am Abend auf, dass Mia mittlerweile das Schreibwarengeschäft von Herrn Brinkmann bevorzuge, dort sei die Auswahl an Zeitschriften größer.

»Das hättest du mir gerne früher sagen können«, zischt Julian.

»Du erzählst mir auch nicht, welche Bäckerei du zurzeit morgens favorisierst«, kontert Maren.

Womit sie recht hat. Julian liebt die selbst gewählte Isolation in seinem Auto auf der Fahrt ins Büro. Der Halt in einem Café lockt in Form süßer Backwaren, nicht in Form von Konversation. Glaubt eine Verkäuferin oder ein Verkäufer, ihm, dem Stammgast, mit Vertraulichkeit zu begegnen, dann läuft sie oder er Gefahr, den Stammgast zu verlieren. Nicht so das Café am Gustav-Mahler-Platz. Eines von seinen Favoriten. Neben den mit Schokoladencreme gefüllten Croissants, von denen er eines im Café und ein zweites im Büro isst, während er den Computer startet und die E-Mails überfliegt, hat das Café den Vorteil, dass er sein Auto in einer Parkbucht gegenüber abstellen kann. Dieser Parkplatz ist überraschenderweise oft frei. Wahrscheinlich, denkt sich Julian, parkt jeden Morgen, kurz bevor er mit seinem Auto vorbeikommt, eine Anwohnerin, die den Parkplatz über Nacht genutzt hat, ihren Wagen aus. So ergänzen sich die Routinen zweier Unbekannter. Dass sein favorisierter Stehtisch belegt ist, kommt immer mal wieder vor. Er nimmt dann mit einem anderen Stehtisch vorlieb. Ist jedoch der Parkplatz belegt, fährt er zur nächsten Café-Alternative. Die heißt *Café Ludwig.* Heißt aber auch: keine gefüllten Croissants. Dafür Zimtschnecken. In seinem Ranking knapp hinter Schokoladencroissants platziert. Als dritte Alternative bleibt ein italienisches Café. Es liegt nicht auf seinem Weg ins Büro, doch der Umweg ist kurzweilig. Vor dem Café, am Straßenrand, ist eine Reihe von Parkplätzen, von denen immer einer, meistens sogar zwei, drei frei sind. Wenn das Einparken, er findet, er parkt flüssig rückwärts ein, zu seiner Zufriedenheit gelingt, sein Wagen parallel zur Bordsteinkante steht, dann glaubt er die Anerkennung der Zeugen an den Tischen hinter der Glasfront des Cafés zu spüren. Wenig später ist er es, der hinter der Scheibe, an seinem Stehtisch, das nächste Einparkmanöver verfolgt.

»Nach Ihnen, Signore, kann ich meine Uhr stellen«, so Pietro, *Café da Pietro.* Diese sicher freundlich gemeinte Bemerkung des Besitzers löst in Julian eine Gedankenkaskade aus, an deren Ende sein Bruch mit dem Café steht.

Wer, bitte, will der Pedant sein, nach dem man die Uhr stellen kann?, fragt er sich.

Ob Pietro Julians Fernbleiben registriert hat?

Seine erste Freundin, Judith, hatte die Angewohnheit, den Reflex, wenn sie auf ihrem Bett lagen, sich küssten und er seine Hand unter ihr T-Shirt auf ihre Brust schob, einen Blick auf den Wecker zu werfen.

Hat Judith wirklich immer, wie Julians Erinnerung ihm weismachen will, vor dem Sex auf die Uhr geschaut?

»Was schaust du auf die Uhr, Julian?«, fragt Judith. Und Julian, der tatsächlich auf den Nachttischwecker geschaut hat, muss lachen. Es schüttelt ihn vor Lachen und sein Lachen ist ansteckend. Und während Judith und er, ineinander verschlungen, prusten und lachen, geht ihr Lachen in Stöhnen über, führt Julian sein wieder steifes Glied ein und in seiner Erinnerung vollführen sie einen sinnlichen Reigen bis zu den Zuckungen ihrer Höhepunkte.

»Who broke my heart? You did, you did.«

Als er das erste Mal den Refrain dieses 1980er-Jahre-Hits singt, reagiert Judith nicht. Er überlegt, ob er ihr die Pointe erklären soll. Immer mal wieder summt er die Melodie oder singt den Refrain.

»Who broke my heart? Ju-dith, Ju-dith.«

Judith und er lernen sich bei einem Konzert kennen. Sie sind Anhängsel eines Pärchens, Anna und Malte. Während des Konzerts, Julian tanzt energisch und entschlossen und die unbekannte Judith tut es ihm gleich, stehen Anna und Malte an der Bar und ihre Unterhaltung wirkt ernst. Ihre Rollenverteilung wechselt hin und her: entweder sprechen oder schweigend zuhören. Auf der Rückfahrt nehmen Anna und Malte beide stumme Rollen ein, während Judith und Julian, »JuJu«, »zweimal J«, hat Anna auf der Hinfahrt gekalauert, da war ihre Stimmung besser gewesen, während also Judith und er auf der Rückbank angetrunken herumalbern. Vor dem Haus von Judiths WG steigt Julian kurzerhand mit aus.

»Zu mir ist es von hier aus nicht mehr weit.«

Bierselig wie er ist, glaubt er tatsächlich, dass dem so ist, so sein könnte. Rückerinnernd ist er überrascht von seiner jugendlichen Chuzpe. Bereits im Flur küssen sie sich. Judiths Zunge ist rau. Regelrecht kratzig. Doch ganz und gar nicht unangenehm fährt diese kratzige Zunge in seinem Mund herum. Katzenzunge. Die nächsten Wochen genießt er Judiths Katzenzunge täglich, in seinem Mund, auf seinem Gesicht, in seinem Schoß.

Nach einer Woche lernt er ihre Mitbewohner kennen, beide studieren Jura. Er trifft sie in der WG-Küche. Sie unterhalten sich über eine Prüfung, die einer der beiden erfolgreich bestanden hat, dem anderen aber noch bevorsteht. Die Namen der beiden fallen ihm partout nicht mehr ein. Lukas und Roland? Er spricht denjenigen, der die Prüfung noch vor sich hat, an.

»Ausgefragt hast du ihn«, meint Judith später, als sie wieder in ihrem Zimmer sind.

Julian erinnert sich, dass ihr Mitbewohner auf seine Fragen einsilbig geantwortet hat. Vor allem hat er Julian mit vor Schreck geweiteten Augen angeschaut. Judith sagt, so schaue er immer, das habe nichts zu bedeuten.

»Das, Julian, kannst du getrost einmal nicht auf dich beziehen.«

Meistens ist es besagter Mitbewohner, der auf Julians Klingeln hin die Tür öffnet. Er tut dies mit aufgerissenen Augen, als wäre Julians Anblick zombiegleich. »Judith ist in ihrem Zimmer« oder »Judith ist nicht da« sind seine Begrüßungsworte, die er kein einziges Mal variiert. Ist Judith noch nicht da, legt sich Julian auf ihr Bett. Das ist der Bestimmungsort seiner Besuche. Ohne Judith fühlt er sich auf ihrem Bett deplatziert. Das Zimmer um ihn herum wirkt fremd, trotz Judiths Duft im Raum und der vertrauten, von Julians Mutter ausrangierten, rollbaren Kleiderstange in der Ecke. Körperlos fühlt er sich auf Judiths Bett. Als schwebe er über der Matratze, anstatt mit seinem Gewicht einzusinken. Julian heftet seinen Blick auf die Tür. Betritt Judith das Zimmer, legt sie einen Schalter um und er fühlt die Schwerkraft zurück.

Der andere Mitbewohner, derjenige, der die Prüfung bereits bestanden hat, macht sich, berichtet Judith, jeden Abend drei Knäckebrote mit Schmand und Knoblauch.

»Anscheinend *die* kulinarische Erfolgsformel für Jura-Prüfungen«, witzelt Julian.

Eines Abends wird er Zeuge der Zubereitung. Eine Zeremonie, die ihn voller Mitleid an die, sollte der Mitbewohner Richter werden, Angeklagten denken lässt, die vor dem Mitbewohner stehen und keine wohlwollende Auslegung der Gesetze erwarten dürfen.

Mit stoischer Akkuratesse verteilt der Mitbewohner als Erstes den Schmand gleichmäßig auf den drei Knäckebroten. Dann schneidet er zwei Knoblauchzehen in dünne Scheiben und verteilt sie auf den Knäckebroten. Stoß auf Stoß. Ein perfektes Knoblauchscheibchenmosaik. Zum

Schluss drückt der Mitbewohner mit der Messerspitze jedes Scheibchen exakt gleich tief in den Schmand.

Julian fragt sich, wie der Mitbewohner die Situation bewältigen würde, blieben Scheibchen, obwohl alle drei Knäckebrote vollständig belegt sind, übrig. Dann schlussfolgert er, dass sich der Mitbewohner, gleich zu Beginn seiner Passion, dem Aspekt gewidmet hat:

Bestimmung der optimalen Anzahl
an Knoblauchscheiben
für die vollständige Belegung
dreier in der Grösse standardisierter
Knäckebrote

Julian ist so gebannt von der Zeremonie, dass er den Knoblauch nicht riecht. »Menschen unter Schock spüren keinen Schmerz. Heute habe ich gelernt: Das gilt auch für den Geruchssinn«, witzelt er Judith gegenüber.

Julian ist jede Nacht bei Judith. In der Wohnungstür nimmt Judith seine Hand und führt ihn in ihr Zimmer. Ohne Umschweife ziehen sie sich gegenseitig aus und schlafen miteinander. Worte wechseln sie wenig, was hätte auch gesagt werden sollen und wie, da ihre Münder sich auf- und ineinander pressen. Mit dem Mund erkunden sie den Körper des anderen und ihr eigener Körper lernt dazu, wird selbstbewusst, gibt Lust und fordert Lust ein. Und sie probieren

Stellungen aus, darunter welche, bei denen Julian nach wenigen Stößen kommt, doch auch das lernt er in diesen Wochen, dass das zweite Mal erregender sein kann. Oder das dritte Mal, frühmorgens. Judith hat fünf Kerzen, identisch in Form und Größe, jedoch in drei unterschiedlichen Pastellfarben, auf ihrer Fensterbank stehen, die Julian, ein Ritual, mit Beginn der Dämmerung anzündet. Nach vier Monaten, in denen die Kerzen ihre Nächte beleuchten, trennen sich Judith und Julian. Obwohl sie sich in den Pausen, erschöpft, »Ich liebe dich«, »Ich liebe dich auch« zuflüstern, bleibt »J+J«, Julian hat es auf einem gemeinsamen Spaziergang in einen Baum geritzt, die Liebe, die nur einen Winter lang hält. In diesen vier Monaten existiert für Julian keine Welt außerhalb von Judiths Zimmer. Mit dem Frühling klopft die Welt an Judiths Tür und beendet, sicher ohne Absicht, die viermonatige Verschlungenheit, den nächtlichen Taumel, denn tagsüber, außerhalb ihres Zimmers, das ahnten Judith und Julian, ahnten beide unabhängig voneinander, verband sie wenig, mussten sie sich fest an den Händen halten, um sich des anderen zu vergewissern. Die Frühlingssonne offenbart, dass die Kerzen den Fenstersturz geschwärzt haben. Ganz gleichmäßig, als wären sie planvoll vorgegangen, die Winterkerzen. Julian fragt Judith, ob er die Wand streichen soll, und sie beantwortet seine Frage mit einem Kopfschütteln.

■

Himmel und Horizont fließen ineinander. Julian liebt dieses Phänomen. Häuser, Autos und Bäume, sind ihre Fassaden, ihr Lack, ihr Herbstlaub noch so bunt, verschwimmen zu einer diffusen Suppe. Erbsengrau.

Das sagt man so, oder?

Er überlegt, ob er schon mal graue Erbsen gesehen hat. Grüne, rote oder braune, ja, die kennt er, doch graue?

Julian blickt forschend in die erbsengraue, haha, Ferne. Manchmal glaubt er einen kleinen hellen Fleck oder eine schwach konturierte dunkle Fläche auszumachen. Wie eine Wimper in der Erbsensuppe, haardünn, doch von der Zunge sofort geortet. Eine solche Wimper erkennt er am Horizont. Die *Uni Nord.* Lenz & Partner hätten sie, er hatte ganz frisch dort angefangen, gerne gebaut. Das war vor zwölf Jahren. Was heißt, hätten sie gerne gebaut – sie waren mitten in der Entwurfsplanung. Und dann die Trennung. Ach was, der Rauswurf. Gefeuert wurden sie.

Er war glücklich und stolz, dem Team angehört zu haben, das den Wettbewerb für die *Uni Nord* gewonnen hat.

»Danke, Julian, dass du am Wochenende diese Attacke geritten hast.« Axel, der Projektleiter, verwendete oft diese Formulierung. Später verdrehen Fiona und Julian die Augen, wenn Axel das Projektteam bittet, es möge eine Attacke reiten. Auf der Weihnachtsfeier der Projektpartner ritt es sich aus. Da mussten wir alle raus aus den Sätteln und runter von den Pferden, hat sich Julian in den Pferdevergleich verbissen. Er sieht Axel auf einem Pferd sitzen, das erschöpft durch den Sand trottet. Das Pferd bleibt stehen. Axel schaut verdutzt. Jetzt formt Axels Pferd einen, zwei, einen dritten Pferdeapfel und lässt sie hintereinander in den Staub plumpsen.

Raus aus diesem Western!, ermahnt sich Julian.

Dass Lenz & Partner, trotz gewonnenen Wettbewerbs – später erfuhren sie, dass es Differenzen innerhalb der Jury über die Platzierungen gegeben haben soll – das Projekt entzogen wurde, ist für Julian ein Debakel. Axel hingegen nimmt das Ende überraschend gefasst. Ebenso, hat es den Anschein, die Geschäftsführung von Lenz & Partner. Die einhellig im Büro kolportierte Meinung ist, dass das Projekt an den Finanzen gescheitert sei.

Im ersten Jahr nach ihrem Rauswurf ist Julian nicht hingefahren, zur Baustelle. Obwohl es ihn gereizt hätte. Zwei Jahre später hat Axel im Jour fixe die Einladung zum Richtfest theatralisch zerknüllt – teilgenommen hat er doch. Der Jour fixe fand in einem Besprechungsraum statt, in dem es, wie Julian fand, immer kalt gewesen ist. Fiona und er standen mit ihren Kaffeetassen an die lauwarmen Heizkörper angelehnt. Auch erinnert er sich an die Treppenstufe, die in den Besprechungsraum führt und über die, ein ums andere Mal, selbst langjährig bei Lenz & Partner Beschäftigte, in den Raum hineinstolperten.

»Glaubst du, Axel hat etwas von dem drohenden Rauswurf gewusst?«, fragte ihn Fiona von der Seite.

»Nein«, antwortete Julian. Er denkt an die unzähligen Entwürfe, die Fiona und er in den letzten Wochen des Projekts vom Foyer des Unigebäudes gezeichnet haben.

Ein halbes Jahr nach dem unrühmlichen Ende ihrer *Uni-Nord*-Beteiligung verließ Björn das Büro. Björn war, wie Axel, einer der Partner und wurde von den Mitarbeiterinnen und Mitarbeitern *Master of the Universe* genannt. Julian hat keine Ahnung, hat auch nicht nachgefragt, wie und weshalb Björn zu diesem martialischen Titel gekommen ist. Björn hat sich zum Schluss in das *Uni-Nord*-Projekt eingeklinkt. Vielleicht wurde er als Krisenmanager eingesetzt. Axel, das spürt Julian, war nicht begeistert von Björns Einstieg in *sein* Projekt.

Vier Wochen nach Björns Ausscheiden traf ihn Julian zufällig in der Stadt. Julian war unsicher, wie er Björn ansprechen sollte. Sollte er rundheraus lächeln oder einen unbestimmten Gesichtsausdruck annehmen?

Björn, schneller als Julian, nahm ihm mit einer herzlichen Begrüßung die Entscheidung ab.

»Hallo Julian, schön dich zu sehen. Lust auf einen Kaffee?«, fragte Björn und berührte Julian vertrauensvoll an der Schulter.

Björn klang zufrieden, aufgeräumt, würde Maren sagen. Er lieferte Julian keinen Grund, daran zu zweifeln.

»Ja, Julian, das war die absolut richtige Entscheidung«, vertraute ihm Björn an.

»Mir ging das Büro auf die Nerven«, fuhr Björn fort. Björns Offenheit schmeichelte Julian und er zahlte sie mit gleicher Münze zurück.

»Ja, Björn, es ist eine ungute Stimmung im Büro.«

Am Abend meinte Maren, er hätte einen Fehler gemacht.

»Du kennst Björn doch gar nicht, Julian. Du triffst ihn zufällig«, fuhr Maren fort, »und öffnest ihm dein Herz. Beklagst dich über deinen Arbeitgeber.«

Da hat Maren recht, dachte Julian und bereute seine Leutseligkeit. Julian spürte, dass er jetzt ein wenig Trost bräuchte. Sex wäre tröstlich. Doch Maren trägt Mia in die Küche, um sich um das Abendessen zu kümmern. Außerdem hat ihm Maren zu Beginn ihrer Beziehung gesagt, dass sie auf Zuruf, wie sie es nennt, keine Lust auf Sex verspüre. Er blickte nach draußen auf den Ahorn im Hinterhof. Spitzahorn, präzisierte Maren, als sie vor vier Jahren in die Wohnung gezogen sind.

▪

Der Koffer hält nicht still. So macht es keinen Spaß. Das Schwarz des Kunstleders verblasst und Julians Vorstellungsblase vom Eine-Million-Euro-Koffer zerplatzt. Das Kachelmuster der Toilette bringt sich als Alternative ins Spiel und Julian beginnt die Reihen durchzuzählen. Das tut er ohne Genuss und größeren Erkenntnisgewinn.

▪

Eriks Abschlussarbeit bestand aus der Renovierung einer alten Werfthalle im Hafen von Kopenhagen und deren Umnutzung zu einem Kulturzentrum. Die Aufgabe wurde Erik und den anderen Absolventinnen und Absolventen von ihrem betreuenden Professor, einem bekannten Schweizer Architekten, gestellt. Dass es sich um einen Realisierungswettbewerb handeln würde – davon hatte der Professor nichts gesagt.

Erik und Julian sprechen in einer Mittagspause, bei opulent belegten Krabbentoasts in einer neu eröffneten Sandwichbar, über die Vorgehensweise von Eriks Professor. Erik verteidigt dessen Entscheidung, räumt jedoch ein, dass seine Meinung heute, in der Rückschau getroffen, vom Erfolg seiner Abschlussarbeit beeinflusst sein könnte. Er argumentiert, dass die Aussicht auf Realisierung die Studierenden gehemmt und sie unkonventionelle Ansätze aus vorauseilend pragmatischen Gründen verworfen hätten. Julian wendet ein, dass die potenzielle Verwirklichung eine zusätzliche Motivation gewesen wäre und die Entwürfe die Sphären des Hochschulkontextes, wie Julian es nennt, hätten verlassen können. Eriks Siegerentwurf hat bei Julian auf den ersten Blick keine Euphorie ausgelöst.

Einen Monat später, abends, fragt ihn Maren, was es im Büro Neues gebe und wie er mit Erik, seinem neuen Vorgesetzten, so bezeichnet ihn Maren, was ja richtig ist, denkt Julian, auskomme. Julian schnappt sich seinen Tablet-PC und setzt sich schwungvoll neben Maren auf die Couch;

die Polster der Couch, um Ausgleich der Kräfte bemüht, heben Maren kurz an. Während Julian Maren Fotos von Eriks Kulturzentrum zeigt, wird ein Filter vor seinen Augen weggezogen. Ein Filter, der stur kategorisiert und stur aussortiert hat. Vergangene Woche hat René, ein Fotograf, im Büro ein Wettbewerbsmodell fotografiert. Je nach Projekt oder den Wünschen der Jury, des Bauherrn entscheiden sie sich für Renderings oder für ein Modell.

»Das spiegelt ja wie die Glasfassade eines Casinos in Las Vegas in der Abendsonne«, sagte René und schraubte gegen die Reflexionen einen Polfilter vor seine Kamera.

Der Polfilter vor Julians Augen ist weg.

»Ich hätte nicht gedacht«, sagt Maren, als Julian ihr enthusiastisch, unter dem Eindruck seiner befreiten Sicht, weitere Fotos von Eriks Entwurf zeigt, »dass dir das so gut gefällt. Du stehst doch weniger auf verspielte, mehr auf geradlinige Sachen.« Es entspinnt sich eine von beiden Seiten gut gelaunt geführte Diskussion, ob geradlinig gleichzusetzen sei mit langweilig oder, positiver formuliert, mit wohltuend klar.

■

Erik und Julian arbeiten am Entwurf für eine Turnhalle. Anfangs ist Julian, als Erik das Projekt vorstellt, nicht begeistert. In seinem Kopf stapeln sich aufgeploppte Ansichten von Hallen, allesamt mit Flachdächern. Er kommt kaum hinterher, die trivialen Beispiele standardisierter Industriearchitektur wegzuklicken. Julians Blick begegnet dem von Erik und er glaubt zu spüren, dass Erik in ihre Köpfe schauen kann.

»Die Vervielfältigung raubt den Dingen ihre Kraft«, sagt Erik, »und sie lastet schwer auf euch, die Dinge anders zu denken.«

Julian denkt an die hundertfach in Hotelzimmern aufgehängten Seerosen von Monet oder van Goghs Sternennacht. Diesen Gemälden scheint ihre Popularität zum Verhängnis geworden zu sein. Oder färbt das Umfeld, die traurigen Hotelzimmer, auf sie ab? Julian überlegt, ob Le Corbusiers Kapelle von Ronchamp, nach Eriks Logik, das Schicksal der vervielfältigten Gemälde erspart bleiben wird. Oder ob dieses Gebäude irgendwann ebenfalls als ein aus der Zeit gefallenes belächelt wird. Wie Höhlenbehausungen oder Pfahlbauten.

Julian erinnert sich an einen Dozenten der Architekturgeschichte, der ihnen vom Formenreichtum barocker Kirchen vorschwärmte. Die Begeisterung des Dozenten war authentisch, das spürten alle im Hörsaal, doch keiner von ihnen konnte sie angesichts der Beispiele überbordend verzierter Fassaden und Interieurs voll wuchernden Schmucks nachempfinden.

Bei der Vorbereitung einer Exkursion zeigte ihnen der Dozent eine alte Werbeaufnahme. Auf der Straße vor dem Le-Corbusier-Haus in der Stuttgarter Weissenhofsiedlung parkt ein Mercedes. Damals, Ende der 1920er-Jahre, brandneu. Eine Frau lehnt an dem Auto, in der Mode der Zeit gekleidet. Sie hat ein Bein auf das Trittbrett gestellt, eine Pose, die, denkt Julian, mit den SUV heutzutage tatsächlich wieder möglich geworden ist. Julian irritiert, dass der Mercedes auf der Fotografie alt wirkt, uralt, das Gebäude hingegen nicht. Das Auto hat an den Ecken seiner Karosserie vier Räder und es wäre, in einem Museum gehegt und gepflegt, vielleicht fahrbereit, doch es ist, in Julians Augen, ein Relikt, voller technischer und formaler Unzulänglichkeiten. Als sie nach einer feuchtfröhlichen Zugfahrt, die Nacht hindurch, am Morgen vor dem Le-Corbusier-Haus standen, spürte Julian, trotz der Nachwirkungen der Fahrt, eine Genugtuung, eine nervöse Freude, dem Haus gegenüberzustehen. Seine Größe und Proportionen zu erleben.

Auf der Straße davor parkten Autos.

Julian betrachtete sie und konnte in deren Zukunft sehen: Sie sah düster aus. Er fragte sich, ob das an der Konkurrenz eines einmaligen Gebäudes lag oder im Wesen des Autodesigns begründet war.

▪

Der Ausschreibungstext spricht von einer *Multifunktionshalle für Indoor-Sportaktivitäten.* Dieses sperrige Wortungetüm, sagt Erik, sollen sie aus ihren Köpfen streichen. Er macht ihnen zur Aufgabe, bis zur Zwischenpräsentation einen Arbeitstitel für ihre Entwurfsidee zu finden.

»Es behindert euch«, sagt Erik, »wenn ihr beim Entwerfen und Präsentieren Vermeidungsstrategien benötigt, um Begriffe wie *Multifunktionshalle* zu umschiffen.«

Am Abend, es ist spät geworden und er küsst der schlafenden Mia, anstatt ihr eine Gutenachtgeschichte vorzulesen, ein leises Gutenacht-Mia-Schatz auf die Stirn, erzählt er Maren von der Turnhalle, die sich nicht Turnhalle nennen darf. Die *Multifunktionshalle für Indoor-Sportaktivitäten* – »Die bitte was?«, unterbricht ihn Maren – erweitert den Bestand eines Schulkomplexes aus den 1990er-Jahren. Vier mehrgeschossige Gebäude gruppieren sich um ein Zentrum, das von einer Glaskonstruktion überdacht ist. Würfelförmige Erker aus Glas und die Farbigkeit, eine Mischung aus erdigen Brauntönen und einem giftig wirkenden Hellgrün – Grünspan, es erinnert mich an Grünspan, denkt Julian – atmen den Geist der späten Postmoderne.

Britta und Fiona präsentieren als Erstes. Vor allem Britta macht das sehr gut. Sie hat eine Energie, die überspringt. Und ihre Idee gefällt Julian. Gefällt ihm gut. *Bewegungsskulptur* nennen sie ihre Konzeptidee. Zu Beginn zeigen sie Muster aus Linien, die sich verdichten und auseinanderlaufen. Britta und Fiona kommentieren die Linienzeichnungen nicht. Sie lassen die drei Abbildungen lange stehen, doch nicht so lange, dass es bedeutungsschwanger wirken könnte. In einer weichen Überblende wechseln sich die Liniengebilde ab, wie die Übergabe eines Staffelstabs, in Zeitlupe eingefangen.

Dann liefern Britta und Fiona die Auflösung:

1) Bewegungsmuster eines Hamburger Pizza-Taxis an einem Samstagabend
2) Zug eines Möwenschwarms im Hamburger Hafen während eines Jahres
3) Bewegungsmuster einer Hamburger Schulklasse während einer Sportstunde

Fiona hat im Sportunterricht einer befreundeten Lehrerin Drohnenaufnahmen gemacht und anschließend den Film, farbige Linien repräsentieren die Kinder, zu einem Bewegungsdiagramm destilliert. Die Erkenntnis aus diesem Bewegungsmuster ist frappierend: Kreise. Die Bewegungen der Kinder verlaufen fast ausschließlich kreisförmig. Ein paar wenige Linien streben nach außen und wieder zurück, doch das Gros der Linien verdichtet sich zu kräftigen Kreisen, in unterschiedlichen Radien.

Rolf deutet auf Linien, die ein dünnes Rechteck bilden.

»Ihr wisst, ich bin ein alter Volleyballer«, kommentiert Rolf seine Entdeckung.

»Alter Volleyballer – du bist doch noch keine dreißig Jahre alt«, entgegnet Erik, der, findet Julian, mit dieser schmeichelnden Bemerkung Rolfs wackligen Einwand gekonnt ins Leere laufen lässt.

Erik nickt Britta und Fiona zu und die beiden fahren fort mit ihrer Präsentation. Überraschenderweise zeigen sie im Folgenden keinen Gebäudeentwurf, sondern rollen den Gedanken aus, den die kreisförmigen Bewegungslinien ins Spiel gebracht haben, spinnen ihn weiter. Am Ende präsentieren Britta und Fiona doch noch ein Gebäude: Die Eissporthalle in Hamar, Norwegen, die, findet Julian, in ihrer elliptischen Form einem gestrandeten Wal gleicht.

»Ein umgedrehtes Fischerboot«, sagt Erik und erzählt, dass früher die Fischer, in den Wochen der Fangsaison, unter ihren umgedrehten Fischerbooten schliefen.

Die Vorstellung, nach einem Tag auf See durchnässt und durchgefroren unter einen Bootsrumpf zu kriechen, in dem tagsüber eine blutige Mischung aus Wasser und Fischgedärm steht, lässt Julian frösteln. Auch Fiona, bemerkt er, zieht die Schultern ein.

Am Abend betrachtet Julian im Internet Bilder der norwegischen Eissporthalle. Viele Fotografien zeigen das Gebäude mit Schnee auf dem gewölbten Hallendach und er denkt an die Fischer unter den umgedrehten Booten. Er malt sich aus, wie die Jury dem Hallenentwurf zuerst skeptisch gegenübersteht, doch als ihr der Verweis auf die skandinavische Seemannskultur präsentiert wird, sie ihn begeistert beklatscht.

Am nächsten Tag präsentieren Christian und Benedikt ihren Entwurf. Ein expressives, polygonales Gebäude, dessen komplett verglaster Eingang, ein dreieckiges Prisma bildend, spitz zuläuft und auf die Bestandsgebäude weist. Die Verwendung polygonaler Formen begründen sie mit ihrer Absicht, den rechteckigen Formen der bestehenden Gebäude einen Kontrapunkt entgegenzusetzen.

»Sitzendes Lernen in den Klassenräumen versus körperliche Bewegung in der Sporthalle«, so Benedikt.

Julian beobachtet Erik. Dessen Mimik verrät weder Zustimmung noch Ablehnung.

Ein interessantes Detail, für Julian das Beste am Entwurf von Christian und Benedikt, ist die Dachkonstruktion. Auch sie großzügig verglast. Sie erinnert an einen mehrfach geschliffenen Diamanten. Julian begegnet dem Blick von Britta und sie nickt ihm zu, was, so deutet es Julian, ihre Anerkennung gegenüber dem Entwurf von Christian und Benedikt zum Ausdruck bringen soll. Clemens bemerkt ihre wortlose Unterhaltung und kommentiert sie mit der Geste, Daumen und Zeigefinger aneinander zu reiben, die meint: Was das wohl kostet?

Christian charakterisiert in seiner Zusammenfassung die Glasspitze der Sporthalle als eine Art Blitzableiter, dem es gelingt, die Bewegungsenergie der Schülerinnen und Schüler aus dem Sportunterricht in die nachfolgenden Schulstunden zu übertragen

Aus den Augenwinkeln sieht Julian Erik lächeln.

In der anschließenden Diskussion verschwindet das Lächeln aus Benedikts Gesicht. Zuerst sträubt sich Benedikt dagegen, ahmt ein Lächeln nach, das, je mehr Vorbehalte gegen seinen und Christians Entwurf geäußert werden, gefriert. Als schließlich Erik seine Argumente gegen ihren Entwurf erläutert, verzieht Benedikt keine Miene. Christian nickt an Stellen, die plausibel sind, woraus man schließen könnte, er höre zu. Benedikt blickt kurz in die Runde, dann heftet er seinen Blick zu Boden.

In Benedikts Kopf rauscht es, das spürt Julian, wie ein Seismograf spürt er das, durch den Raum hindurch. Auch sein Kopf würde an Benedikts Stelle rauschen. Er tut es. Und zwar am nächsten Tag. Am Ende seiner eigenen Präsentation. Er kennt das Rauschen. Zur Genüge kennt er es. Oft überfällt es ihn abends im Bett. Er vergleicht es Maren gegenüber, als sie ihn bittet, er möge es ihr beschreiben, und ihre Anteilnahme tut ihm gut, mit Wellen am Strand. Ein Rollen und Rauschen in seinem Kopf. Es beginnt hinter den Ohren und greift auf die Schläfen über. Dann gesellt sich zu dem Rauschen der Schmerz. Der Schmerz rumort dumpf unter der Kopfdecke, als versuche er, sie anzuheben. An diesem Punkt steht Julian auf und geht ins Bad, als könne er so den weiteren Verlauf stoppen, was noch nie gelungen ist. Er betrachtet sich im Badezimmerspiegel und forscht in seinem Gesicht nach äußeren Spuren des Migräneanfalls. Die Rötung seiner Wangen kann auch vom Kopfkissen herrühren. In dem Besprechungsraum gibt es keinen Spiegel. Julian kann nicht überprüfen, wie rot seine Wangen sind. Sie glühen jedenfalls, während Erik über seinen Entwurf spricht. Das Rauschen fließt von links nach rechts in seinem Kopf, hin und her, und ist nicht so laut, dass er Eriks Stimme nicht mehr hören könnte, und plötzlich wird es ganz stumm geschaltet, das Rauschen. Julian hört Eriks Stimme klar und deutlich, die sagt, dass sie eben den Entwurf präsentiert bekommen hätten, der realisiert werden würde. Er sieht Britta ihren Daumen nach oben recken und ihn anlächeln. Auch Erik lächelt, ein wenig schief, wie es seine Art ist, und benennt zwei, drei Aspekte, die in seinen Augen noch nicht optimal sind, nichts Gravierendes, es sind Punkte, die in Julians Team ebenfalls kontrovers diskutiert wurden. Brittas Freude hat nichts Gekünsteltes und Julian muss sich eingestehen, dass er an ihrer Stelle sich nicht so mit ihr hätte freuen können. Julian hat in den Wochen danach den Eindruck, dass Benedikt ihm aus dem Weg geht. Ein halbes Jahr später verlässt Benedikt Lenz & Partner.

Erik, Britta und Julian präsentieren den leicht überarbeiteten Entwurf fünf Wochen später dem Bauherrn und Julian ist dabei die Ruhe selbst.

»Ich erinnere mich an keine Projektpräsentation, die so gut verlaufen ist«, lobt Erik. »Das macht mich regelrecht stutzig«, fügt er grinsend hinzu.

Britta fasst am Ende der Präsentation die Hauptaspekte des Entwurfs zusammen und nennt, nach einer dramaturgisch gut gesetzten Pause, den Namen:

Double layer covered box.

Julian beobachtet die Gesichter der Zuhörerinnen und Zuhörer und sieht nur Zustimmung darin.

Die Preise und Auszeichnungen, die sie später erhalten, fühlen sich wie Weihnachtsgeschenke an. Und die Preisverleihungen wie die festliche Bescherung. Julian denkt an das Bankett der Hamburger Metall-Innung, das Erik, Britta und ihm die Sprache verschlägt. Die dort servierte Crème brulée bezeichnet er seitdem als die beste, die er je gegessen hat. Die Festrede, sehr kenntnisreich von einem emeritierten Professor aus Stockholm gehalten, ist eine Verneigung vor seinem Entwurf. Süß wie die Crème brulée danach, genießt Julian die Worte des schwedischen Professors, der, in sehr gutem Deutsch, die komplexe, aus vielen mehrfach und unterschiedlich gekrümmten Kupferlamellen gebildete Fassadenhülle als Metapher der Bewegungen der Schülerinnen und Schüler im Inneren preist. Ausführlich widmet sich der Professor dem wechselnden Lichtspiel der inneren, großzügig verglasten Halle und der darübergestülpten Lamellenfassade. Er spricht von einer semipermeablen Membran. Während seines Vortrags verzichtet er auf Abbildungen, lediglich sein Name und seine ehemalige Wirkungsstätte sind hinter ihm auf die Leinwand projiziert. Zum Abschluss seiner Rede wendet sich der Professor der Leinwand zu und es wird ein Foto der Sporthalle eingeblendet. Für Julian ist das Foto neu, es stammt nicht aus dem Fundus der Fotografin, mit der sie viel zusammenarbeiten. Das Foto wurde am Abend aufgenommen, einem dieser tiefblauen norddeutschen Abende, an denen der Himmel eine grandiose Bühne bildet. Die Innenbeleuchtung der Halle ist eingeschaltet und die letzten glimmenden Streifen des Abendrots spiegeln sich in der Fassade. Die Aufnahme ist nicht frei von Kitsch, denkt sich Julian, doch er genießt den Anblick. Denn trotz der Modelle und der vielen Renderings zeigt sich erst, wenn das Gebäude in der Landschaft steht, ob und wie es sich behauptet.

Julian denkt an die Baustellenbesuche und das wohlig-flaue Gefühl im Magen, wenn die Rohheit der aufgerissenen Böden und das nach ungeordnetem Chaos aussehende Baustellengewirr das imaginierte Gebäude als ferne Fata Morgana erscheinen lässt.

»Unser Botox-Weichzeichner«, so nennt Erik die Renderings, die im Büro entstehen. Ein weiches, warmes Licht dominiert darauf, regelrecht mediterran, Beton wird zu Sandstein.

Der Beton auf den Baustellen duftet erdig und feucht und erinnert Julian an den Waschkellerduft im Haus seiner Großeltern. Ein Schauder, zugegeben, befiel ihn beim Gang hinunter, doch die Einlösung des olfaktorischen Genusses vertrieb die Spukgestalten.

Fiona begleitet Julian ungern auf Baustellen. Sie meint, mit Vollendung des Entwurfs am Computer sei für sie das

Gebäude fertig. Dem realen Gebäude hängt eine Plumpheit und Selbstgefälligkeit an, welche die Renderings nicht hätten.

»Das Haus rekelt sich in der Macht des Faktischen«, sagt Fiona, »und Rohbau ist der passende Begriff für dieses Gewühle im Schlamm.«

»Der Stahl«, fährt sie im Eifer fort, »rostet ungeniert im Beton, bevor das Gebäude fertig ist.«

Julian erinnert sich, während der schwedische Professor Dankesworte an die Sponsoren verteilt, an seinen Baustellenbesuch, als die ersten Lamellen montiert wurden. Sie wirkten in ihrer Fragilität gefährdet. Julian erschrak, wie filigran sie sind, und zweifelte kurz, ob sie sie nicht breiter hätten planen sollen. Bei seinem nächsten Besuch der Baustelle, zusammen mit Erik, spielte das Licht der Sonne, die hin und wieder zwischen den Wolken hindurchspähte, so schön auf den Kupferlamellen, die sich stark vermehrt hatten, sodass Erik und er stumm dastanden und auf die nächste Wolkenlücke warteten. Die Bauarbeiter mochten gefeixt haben angesichts des Paars, das Erik und er abgegeben haben.

Ein Jahr nach der Einweihung, neben dem Preis der Metall-Innung haben sie weitere, bedeutendere Preise gewonnen, bittet Erik Julian, er möge doch an seiner Stelle auf einem Kongress der Hamburger Architektenkammer das Projekt vorstellen. Julians Vortrag findet am Abend statt. In dem Programmheft steht sein Name, kursiv gesetzt, direkt unter den Namen der Hamburger Bausenatorin und des Präsidenten der Bundesarchitektenkammer, beiden ist die Aufgabe zugedacht, Grußworte beizusteuern.

■

Spätestens alle zwei Wochen gönnt sich Julian zwei, drei Stunden und fährt mit seinem Auto umher. Autowanderung nennt er diese Fahrten. Ein gelegentliches Ziel, eine Zwischenetappe, ist seine *Double layer covered box.* Er war glücklich über Fionas Wortschöpfung, doch mit den Jahren verkürzte er sie zu *The box,* um schließlich meistens bei *Sporthalle* zu landen.

Julian stellt seinen Wagen auf dem Lehrerparkplatz ab, das hätte vor ein paar Jahren bedeutet zwischen Volvo- und VW-Kombis – die haben sich in koreanische SUV verwandelt. Der Parkplatz liegt auf einer Anhöhe. Julian guckte zu seiner Schulzeit viel aus dem Klassenzimmerfenster und alles, auch noch das Unbedeutendste, war spannender als der Unterricht. Selbst das Ausbleiben von Ereignissen war spannender. Er ist froh, dass der Parkplatz vom Schulgebäude nicht einsehbar ist, denn eine Schülerin oder ein Schüler, wie er einer war, würde ihn beobachten, hätte ihn erkannt, als den fülligen Typ, der jedes halbe Jahr auftaucht, sein Auto abschließt, ohne Lautsignal, nur ein Blinkintervall, bedächtig auf die Sporthalle zugeht und ganz selten die Halle betritt. Einmal hat Julian an der Tür gezogen – sie war abgeschlossen. Das war ihm unangenehm, denn mit dem Zug an der verschlossenen Tür wurde sein Status als ein mit den Öffnungszeiten der Sporthalle nicht vertrauter, auswärtiger Besucher offenkundig.

Heute regnet es und Julian schlägt den Kragen seines Jacketts nach oben, ärgert sich, dass er keinen Mantel mitgenommen hat, obwohl er, kurz vorm Losfahren, den Mantel in der Hand hielt. Doch da dachte er, dass er lediglich herumfahren und nicht aussteigen würde. Deshalb hat er den Mantel wieder zurückgehängt.

Julian geht auf die Sporthalle zu und sieht die Stele zum ersten Mal. Ein schlanker Rahmen aus Edelstahl. Höhe ungefähr zwei Meter zwanzig, Breite siebzig Zentimeter. Zehn Meter von der Halle entfernt aufgestellt. In dem Rahmen sind an zwei vertikalen Metallstäben Buchstaben untereinander montiert:

ALL IS NOT LOST ▪ ABI 2022

Die Buchstaben, vielleicht fünfzehn Zentimeter hoch, sind aus rotem Plexiglas ausgelasert und man kann sie um die eigene Achse drehen. Julian kann nicht widerstehen, die Buchstaben gerade auszurichten. Und wie er an den Buchstaben dreht, wirft die Sonne einige Strahlen auf die Plexiglaskanten und lässt sie feurig aufblitzen, als wären sie von innen beleuchtet. Das Plexiglasrot leuchtet mit den Kupferlamellen der Fassade um die Wette.

»Heidegras im Herbstwind« ist Julians favorisierte Metapher für die Rhythmik der Lamellen.

»Fischschwarm beim Finten Schlagen« die von Erik.

»Die Klasse 10f beim Brennball«, meinte Britta, um ihren Vergleich zurückzunehmen, »weil Brennball«, sagte sie, »von der Spielanlage her auf Ausgrenzung angelegt, nicht mehr im Sportlehrplan vorgesehen ist.«

Julian erinnert sich an das Spiel zu seiner Schulzeit und das Gefühl der Ausweglosigkeit, wenn die Zahl der Gejagten um ihn herum abnahm und die der Jäger zu. Wie Zombies auf rasender Mission der Zombievermehrung.

Dass ein Abiturjahrgang eine so gelungene Skulptur erdenkt und umsetzt, beeindruckt ihn. Er und sein Jahrgang, Abi 2000, haben eine Comicfigur an die Wand gesprüht – und vorab bei der Schulleitung um Erlaubnis gefragt. Er hat seinen Entwurf dem Rektor gezeigt und war stolz gewesen, als dieser sagte: »Lustig«.

Julian macht mit seinem Handy Fotos von der Skulptur und dreht die Buchstaben in verschiedene Richtungen. Auch die Schrift ist gut gewählt. Breit bauende Buchstaben mit viel Fläche. Wie können sich die kommenden Abiturjahrgänge angesichts dieser Arbeit behaupten?

Auf der Rückfahrt hört er die Musik lauter als auf der Hinfahrt und fährt schneller. Und isst ein Rosinenbrötchen während der Fahrt. Er fragt sich, ob die Gestalterinnen und Gestalter der Stele vorhaben, Architektur zu studieren. Und spinnt den Gedanken weiter, dass eine oder einer von ihnen sich bei ihm in ein, zwei Jahren für ein Praktikum bewerben würde. Das Rosinenbrötchen schmeckt hervorragend, er wird sich die Bäckerei merken müssen.

■

Die letzte Kurve ist er nicht gut gefahren. Er hat seine Linie am Kurvenausgang korrigieren müssen. Zweihundert Meter voraus sieht er die Rücklichter eines Autos. Sofort hat Julian umrissen, dass das Auto, ein Mercedes, langsamer fährt als er. Die nächste Kurve gehört ihm noch allein, doch am Ende der Geraden, die links und rechts gesäumt wird von niedrigen Fichten, die aufgeforstet werden, stellt er den Mercedes. Nach der nächsten Linkskurve, weiß Julian, bietet sich eine Gelegenheit zu überholen. Und er weiß, dass das blödsinnig wäre, denn dreihundert Meter später beginnt die Neubausiedlung. Ein entgegenkommendes Auto nimmt ihm die Entscheidung ab. Er ist froh darüber. Er hätte nicht beantworten können, ob er überholt hätte oder nicht. In der Neubausiedlung fährt er betont langsam und lässt einen Abstand zwischen sich und dem Mercedes entstehen. Ein Schaltvorgang misslingt – Julian landet beim Hochschalten im fünften anstatt im dritten Gang. Er korrigiert seinen Fehler nicht, sondern müht, nicht bei der Sache, den Wagen im zu hohen Gang dem Ortsausgangsschild entgegen.

■

Im Frühjahr 2018 fragt Erik Julian, sie stehen in der Büroküche, ob er, Julian, sich vorstellen könne, als Partner im Büro Lenz & Partner einzusteigen.

»Willst du dazugehören, Julian?«

Gehöre ich noch nicht dazu?, fragt sich Julian.

Eine Woche später trifft er sich mit den zwei Geschäftsführern und den beiden Partnern, abends, in einem Restaurant in der Nähe des Rathauses. Axel, neben Erik der zweite Partner, mäkelt an seiner Vorspeise herum, einem Lachsforellentatar mit Rote-Bete-Carpaccio und Meerrettichschaum, das schön anzusehen ist, Axel aber nicht schmecken will. Axels Faible für gutes Essen ist im Büro bekannt und nun auch dem Kellner, den Axel an ihrem Tisch festnagelt, indem er die Mängel des Lachsforellentatars aufzählt. Die Länge der Aufzählung steht in Kontrast zum sparsamen Rest Lachsforellentatar auf Axels Teller. Erik und die Geschäftsleitung, Esther und Kai Lenz, verziehen keine Miene. Sie scheinen abgehärtet gegen die Besserwisserei von Axel, dessen Gaumen von einem vorwitzigen Lachsforellentatar herausgefordert wurde, das krachend gescheitert ist. Axel schenkt sich Wein nach und der Kellner versteht das Signal, dass Axels Ansprache beendet ist. Der Kellner schichtet die Vorspeisenteller aufeinander, ohne dem Porzellan ein Klappern zu erlauben, dreht sich um die eigene Achse und entfernt sich von ihrem Tisch. Axel stellt sein Weinglas ab und scheint zu Zugeständnissen bereit, denn er kritisiert den Wein nicht.

Esther, für die meisten im Büro Frau Lenz, tupft vorsichtig mit der Serviette ihre Mundwinkel, um den Lippenstift nicht zu verwischen. Julian mag Esther. Auf einer Büroparty vor zwei Jahren standen Esther und er zusammen, plauderten über dies und das und es entspann sich eine längere Unterhaltung. Julian musste mehrmals laut lachen über Esthers lakonische Bemerkungen, die sie treffsicher abfeuerte. Esther lobte die Musik und Julian pflichtete ihr bei. Er erinnert sich an das schwarze T-Shirt des DJ, auf dem eine weiße Krawatte aufgedruckt war. Esther fragte Julian, ob er nicht Lust hätte zu tanzen. Sie stellten ihre Gläser auf die Theke und der Song war nicht zu Ende, da hatten sie ihre Tanzbewegungen aufeinander abgestimmt. Und beim nächsten Song gelang ihnen das Frage-Antwort-Spiel noch besser. Zwei Songs später bereitete Esther ihren Abschied von der Tanzfläche vor: Sie bewegte sich tanzend von Julian weg, ihre Bewegungen wurden selbstbezogener, sie streckte die Arme in die Höhe und ging im Takt in die Knie. Eine flapsig inszenierte Bewegung, die an John Travoltas Tanzszene in *Pulp Fiction* erinnerte.

Julian blickt zu Esther und sie schnappt sich erneut ihre Serviette auf der Jagd nach unsichtbaren Krümeln im Mundwinkel. Eine über Jahre eingeschlichene Angewohnheit, sich der Konversation zu entziehen. Keine schlechte Angewohnheit, geht man öfter mit Axel zum Essen, denkt Julian. Wie oft Esther, Kai, Erik und Axel gemeinsam essen gehen? Einmal im Monat sicherlich. Einmal im Jahr fährt das ganze Büro für ein Wochenende in eine europäische Metropole und sie besuchen Architekturbüros. Plaudereien unter Kolleginnen und Kollegen, die, auf Englisch geführt, der Konsenssprache weltweit, mehr oder weniger tiefgründig ausfallen. Esther, sie hat in ihrer Jugend mehrere Jahre in den USA gelebt, spricht fließend Englisch.

Axel schenkt allen am Tisch Wein nach, und als die Reihe an ihn selbst kommt, ist die Flasche leer. Mit gespieltem Ärger schüttelt Axel den letzten Tropfen in sein Glas und bestellt eine neue Flasche. Axels Schauspieleinlage gilt Julian, dem Neuen am Tisch. Alle anderen lächeln milde, kennen sie zur Genüge.

Julian wird sie kein zweites Mal erleben.

Maren und er haben lange darüber gesprochen und er hat Britta ins Vertrauen gezogen. In ihrem Stammlokal war das, einem spanischen Restaurant mit bauchigen Weinflaschen im Fenster, die, als Kerzenständer gebraucht, unter roten und weißen Gebirgen von Wachs verschwinden. Britta hörte ihm zu und er sah keinen Neid in ihrem Gesicht, als er ihr von dem Angebot erzählte, als Partner im Büro einzusteigen. Maren meinte, er solle sich den Schritt gut überlegen.

»Bekomme ich dann ein neues Zimmer, Papa?«, fragte Mia und blickte von ihrer Buntstiftzeichnung auf.

Julian zieht es zu Mia und Maren. Ein zärtliches Gefühl hebt ihn an, weg von dem Tisch, heraus aus dem in grauen

Farben gehaltenen Interieur des Restaurants, nach Hause an ihren hellen Buche-Esstisch.

Er hat überlegt, wann der richtige Zeitpunkt für seine Absage ist, und sich für die Pause zwischen Hauptgang und Dessert entschieden. Er hält sich an sein Drehbuch. Die Reaktion von Esther, Kai, Erik und Axel – sie fällt aus. Als wären sie vorab informiert worden oder hätten in Julians Kopf seine zurechtgelegten Worte lesen können.

»Hättest du deinen Hauptgang aufgegessen, hättest du jetzt nicht so viel Lust auf Süßes«, kommentiert Axel Julians zweite Portion Nachtisch.

»Rødgrød med fløde, bitte«, bestellt Julian.

Das hat er von Erik gelernt. Erik lächelt ihm zu und er weiß, dass er Erik vermissen wird.

Dann geht es schnell mit Julians Ausstieg bei Lenz & Partner. Das Angebot von Wolff und Jansen ist so gut und die werbenden Worte Claude Jansens, die Anerkennung, die er Julians Projekten zuteilt, so authentisch, dass Julian glaubt zu träumen. Nach dem Gespräch mit Claude Jansen sitzt Julian in einem Café und beobachtet durchs Fenster die Passanten und ihr gleichmäßiges Kommen und Gehen, ein Schieben von links und rechts, und Julians Lust auf Neues, neue Projekte, größere Projekte, ist so stark, dass es ihm flau wird im Magen und er seine Cola nicht austrinkt.

■

Jan Wolffs Stimme spricht zu Julian durch die Takelage. Als würde Poseidon zu der Schiffsbesatzung sprechen. Ein sanfter Poseidon, denn Wolff lobt Julian. Lobt ihn in etwas umständlichen Formulierungen, die auf das Ziel hinauslaufen, Julian mitzuteilen, dass er befördert wird.

Jan Wolff, Anfang sechzig, drahtig, mit der Ausdauersportlern eigenen Ausgezehrtheit im Gesicht, sitzt an seinem Schreibtisch hinter einem Segelschiffmodell, als wäre er der Nachfahre einer Hamburger Reeder-Dynastie. Das Schiffsmodell ist groß, so groß, dass es den Tisch klein wirken lässt. Es steht, von Wolff aus gesehen, am rechten Rand des Tischs und segelt auf Julian zu. Die Segel sind aus Stoff genäht und müssen, denkt sich Julian, mit einer farblosen Lasur kunstvoll gestärkt worden sein, denn sie sind aufgebläht, als würde der Wind kräftig in sie hineinfahren. In Wolffs Büro weht kein Wind. Die Fenster sind geschlossen, zum Glück, denn es regnet den ganzen Tag einen kalten Dezemberregen.

»Was für ein unerfreuliches Wetter, lieber Julian, an unserem erfreulichen Termin.«

So hat ihn Jan Wolff vor zehn Minuten begrüßt.

Ob Wolff heute alle seine Termine so einleitet?, fragt sich Julian.

Das Schiff auf Jan Wolffs Schreibtisch kommt ihm bekannt vor. Doch er kann den Namen nicht lesen, der steht auf einem ihm abgewandten Schildchen, angebracht an einem Sockel, auf dem das Schiffsmodell thront. Diese

Sockel, eine Behelfskonstruktion und Standard für jedes Schiffsmodell, sind kümmerlich, findet Julian. Der Bestimmungsort eines Schiffs ist das Wasser – Größe und Plumpheit des Rumpfs, unterhalb der Wasserlinie verborgen. Die Putztrupps, die sich abends durch die Büroräume arbeiten, sparen das Schiff aus Vorsicht, etwas kaputt zu machen, aus. Julian schließt das aus einer hauchdünnen, im Schatten des Rumpfs kaum auszumachenden Staubschicht. Und auf den Planken des Achterdecks ist schon länger nicht geputzt worden, Staub auch hier.

»… schön, Julian, dass unser gemeinsamer Weg …«

Julian fragt sich, wie lange es dauert, ein so großes, detailreiches Schiffsmodell zusammenzubauen. Und er fragt sich, wer diese Schiffsmodelle, die dutzendfach allein in Hamburg in Hotelfoyers und hinter Kneipentresen stehen, zusammenleimt. Und wo? Sicher in China, mutmaßt er.

Wie viel mag Jan Wolffs Exemplar gekostet haben?

»Hast du noch Fragen, Julian?«

Die Frage nach der Kategorie seines Geschäftswagens stellt er zwei Tage später in der Personalabteilung.

Gefragt hat er nach dem Namen des Schiffs.

Jan Wolff antwortet, wie aus der Pistole geschossen: »Pamir«. Wolff erzählt ihm von der dramatischen Historie der Pamir, und so beredt wie Jan Wolff sie erzählt, ist Julian klar, dass er mit seiner unbedachten Frage ins Schwarze getroffen hat.

■

Der Vogelpapa baut lange an seinem Nest aus Stahlbeton. Es wird noch einige Monate dauern, bis der Wind nicht mehr hindurchzischt. Heute weht ein lauer Wind, es ist ein warmer Tag und Julian kommt ins Schwitzen, während er die Treppe hochsteigt. Im sechsten Stockwerk angekommen begutachtet er die neu betonierten Zargen und Brüstungen. Britta hat darum gekämpft, dass das Wechselspiel der vor- und zurückspringenden, vertikalen Betonträger eindeutig ausfällt. Doch Clemens hat es verbockt. Clemens der Umfaller. Britta und Julian waren überrascht und enttäuscht, als Erik sie beide mit einer, wie sie fanden, Plattitüde abblitzen ließ.

»Wie viel Aufwand«, fragte Erik, »rechtfertigt dieses Detail?«

Clemens sprang Erik zur Seite, indem er die Mehrkosten auf eine sechsstellige Summe schätzte.

»Die Zahl«, meinte Britta später, »hat er sich mal flugs zurechtgefurzt.«

Jetzt steht Julian vor den Fensteröffnungen, die ohne Erik und Clemens näher an den Boden gereicht hätten.

»Britta, Julian«, fuhr Erik in vertraulichem Ton fort, »muss jedes Detail bis ultimo ausgereizt werden?«

»Ja«, antwortete Britta trocken.

Julian blickt auf die Häuserzeile gegenüber. Noch ist sie etwas höher, doch mit dem Bau des nächsten Stockwerks, spätestens dem übernächsten, wird sie den Kürzeren ziehen, sich dem Neuankömmling geschlagen geben müssen. Die Vorbehalte im Hamburger Senat hinsichtlich der Höhe des Neubaus hat Erik souverän gelöst. Sicher, denkt Julian, hat Erik seine Lieblingsvokabeln *Solitär* und *selbstbewusst* angebracht. Und den Senatorinnen und Senatoren das Gefühl vermittelt, sie ermöglichen, sind Teil von etwas Neuem, Schönem, Großem.

Auf den Dächern gegenüber stechen die Schornsteine aus dem Muster roter und grauer Dachziegel heraus. Julian kann keinen regelmäßigen Rhythmus in ihrer Verteilung erkennen. Ebenso wenig in der Anordnung der Fensterreihen. Neue Fassaden, scheint das ungeschriebene Gesetz zu sein, nehmen auf die vorhandenen keine Rücksicht. Hinter jedem dieser Fenster, sinniert Julian, findet Leben statt. Und in zwei Jahren stricken die Versicherungsfachleute hier oben, mit Blick auf ihre potenziellen Kundinnen und Kunden, an neuen Policen. An einem Balkon gegenüber, im eins, zwei, drei ... im siebten Stock, flattert eine Regenbogenfahne. Sie wurde vor das Geländer gehängt und passt von ihren Abmessungen her exakt. Die Studentinnen und Studenten, die Julian in der dazugehörigen Wohnung, einer WG, vermutet, haben die Fahne mit Kabelbindern befestigt. Zwei, drei Befestigungen haben sich gelockert oder der Fahnenstoff ist, von Wind und Wetter malträtiert, ausgerissen. Jedenfalls hat der Wind die Chance genutzt, unter die Fahne zu gelangen, um dort an den Befestigungen rupfen und zerren zu können. Jetzt muss man sich um die Flagge Sorgen machen. Der Wind wölbt sie von links nach rechts, unermüdlich. Hören kann Julian hier oben das Schlagen der Regenbogenfahne nicht, der Bewohner des Balkonzimmers sicherlich schon.

Julian malt sich einen Streit über die laut klatschende Fahne zwischen der WG und den Nachbarn ein Stockwerk tiefer aus. Auf dem Balkon im sechsten Stock stehen ein Gasgrill und ein Stapel Balkonstühle, jeweils mit passender Abdeckplane akkurat geschützt. In diese Wohnung platziert Julians Fantasie ein Ehepaar. Mit Hund. Seine Gedanken fliegen zurück in die WG und stürzen unvermittelt ins Joviale ab: nackte Frauen und Männer, Sex in unterschiedlichen Stellungen, stehend im Flur, auf dem Tisch in der Gemeinschaftsküche. Er bekommt eine Erektion, die weitere Fantasiebilder von kopulierenden Körpern in Ikea-eingerichteten Studierendenzimmern einfordert.

Julian überlegt, ob seine Erregung tragfähig genug ist, in einer Ecke des Treppenhauses zu masturbieren, doch er verabschiedet sich von dem Gedanken, seine Erektion folgt mit Verzögerung.

■

Die Frau geht an ihm vorbei und Julian taucht ein in ihren Duft. In die Schleppe ihres Parfums. Die Duftmoleküle scheinen träge – Julian riecht den Duft der Frau noch in einigen Metern Entfernung. Er atmet tief ein, kurz ist er gewillt, seine Schritte zu verlangsamen. Das Parfum duftet hell und spitz. Ein fruchtig-süßliches Aroma schwingt mit. Pfirsich? Julian tappt bei der Bestimmung der Frucht im Dunkeln. Limone? Ein Duschgel, eine Seife, nicht teuer. Sicher gibt es, denkt er, Menschen, die eine ganz besondere Begabung haben, Düfte zu erkennen. Die sich, als Hobby betrieben, von Freunden und der Familie belächelt, eine Könnerschaft antrainiert haben, die sie bis auf den Stuhl einer Quiz-Show führt. Und die ungekrönte Dufterkennungsweltmeisterin riecht an einer Duftprobe und antwortet: *AXE Deodorantspray – Anarchy for her.* Julian würde die Kandidatin, das wäre die nächste Hürde, gegen Hunde antreten lassen: das Duell der Supernasen. Eva W. aus H., die Fährten besser riechen kann als ihr Hund.

▪

Britta und Julian besuchen erneut die Baustelle in der Sydneystraße. Sie stehen an der Baugrube und riechen deren Duft. Julian zieht ihn tief ein, den Duft, kredenzt aus Lufttemperatur, Luftfeuchtigkeit, Windstärke, Windrichtung, Jahreszeit, Frische des Betons, Erde und Metall. Wie Sträuße roter Wiesenblumen ragen die Enden des Bewehrungsstahls aus dem Beton heraus. Er glaubt, dass es Britta ebenfalls genießt, vom Duft der Baustelle eingehüllt zu werden. Waschküchen riechen auch gut, doch ihnen fehlt das Erdige. Und Kellerduft wird durch die unterschiedlichen Materialien des eingelagerten Trödels verwässert. Natürlich auch nicht uninteressant, weil vielschichtig: Holz, Textilien, Kunststoffe, Staub. Staub ist gut.

Staub riecht gut, vor allem, wenn er feucht ist. Die Wucht des Dufts, den eine Baustelle verströmt, bleibt für Julian unerreicht. Der Rohbau der Versicherung roch gestern anders. Heute hat der Wind den Duft des Frühlings im Gepäck. Blütenpollen? Oder die dunklen Wolken im Westen, der drohende Regen? Wenn Julian einen halben oder ganzen Tag auf einer Baustelle zubringt, dann riecht er immer mal wieder am Ärmel seines Anoraks, um zu überprüfen, ob der Baustellenduft intensiv genug ist, dass er ihn ins Auto mitnehmen und bis nach Hause entführen kann. Im vorigen Sommer hat Julian Mia beobachtet, wie sie regelmäßig ihren Kopf herunterbeugte, so tief, dass ihre Nasenspitze zweifingerbreit von ihrem Arm entfernt war. Dann bewegte sie ihre Nase den Unterarm entlang bis zur Armbeuge hoch und wieder zurück, auf der Suche nach dem Duft des Sommers. Julian freute sich über die Entdeckung einer gemeinsamen Vorliebe. Ob Britta dies auch tut? Maren? Erik? Alle Menschen? Er kann die Frage nicht beantworten, hat noch niemanden danach gefragt und seine Gedanken fliegen in viele Richtungen davon.

▪

Dass Claude das Projekt nicht für sich reklamiert, wundert Julian, wundert ihn sehr. Für Julian ist es *das* Projekt. Wolff und Jansen ist eingeladen, sich am Wettbewerb für den Neubau des Hauptsitzes der zweitgrößten Direktbank Deutschlands zu beteiligen. In Frankfurt am Main.

Der Bauplatz liegt spektakulär: in der Mitte einer Linie zwischen dem Sitz der Europäischen Zentralbank und dem Bankenviertel, im westlichen Teil der Obermainanlage. Standort, Lastenheft, Budget, die kompletten Rahmenbedingungen klingen für Julian, er liest sie täglich durch, wie aus einem Traum. Ausgedacht und geschrieben nur für ihn.

Die Einweihung des Messeturms hat Julian 1991 als Zehnjähriger aus Fernsehen und Zeitschriften, seine Eltern hatten *Stern* und *Geo* abonniert, mitbekommen. Ein aus der Zeit gefallener Dandy, findet Julian heute, in seinem roten, glatt polierten Granitgewand, behängt mit Art-déco-Ornat, das ihn unvorteilhaft hüftschwer einkleidet. Seit 1998 hat Julian jeden Hochhaus-Neuankömmling vor Ort begutachtet. Einer der jüngsten, das EZB-Gebäude, quillt nach links und rechts, um nicht in die Höhe zu wachsen. Es steht mit gehörigem Abstand, zwei Kilometer, vom Bankenviertel entfernt, was so viel heißt wie: Wir sind unabhängig. Wir wahren Distanz. Wir beteiligen uns nicht am Wettstreit der Bankentürme. Wir beobachten euer Treiben. Frankfurt gefällt Julian. Am Wasser gelegen, wie alle bedeutenden Städte. Und da ist die klischeehafte Trennung von Kunst und Kapital auf beide Seiten des Mainufers. Holleins Museum für Moderne Kunst? Das liegt nicht am Museumsufer, muss sich Julian eingestehen. Die Pläne für den Bankenneubau geistern schon lange durch die Presse. Als Standorte werden Berlin, Hamburg und eben Frankfurt am Main diskutiert. Und jede Stadt hat ihre Befürworter. Lokal- und Landespolitiker werben, mit Nachdruck in der Stimme, für ihren Kandidaten. Von allgemeinem Kopfschütteln begleitet wird eine Initiative, Essen ins Spiel zu bringen. Dann könnte man, findet Julian, Niederdorla, am geografischen Mittelpunkt Deutschlands, oder jede andere zurechtargumentierte Stadt benennen. Für ihn ist Frankfurt die beste Wahl. Die Überlegung, Wolff und Jansen hätte, wäre Hamburg als Standort ausgewählt worden, einen Wettbewerbsvorteil, kann man auch anders sehen: Lokalmatadoren haben in der internationalen Wettbewerbslandschaft nicht unbedingt einen Vorteil.

Sie sind eingeladen worden. Der erste Schritt ist getan.

Und der zweite: Er hat das Projekt.

Claude schätzt Julian. Als Architekt und Kollege. Während Jan gelegentlich abends beim Büro-Stammtisch vorbeischaut, erinnert sich Julian an keinen Besuch von Claude. Dennoch erneuert Julian die Einladung, wenn sich die Gelegenheit ergibt, was Claude lächelnd zur Kenntnis nimmt, um freundlich abzusagen. Er könnte es auch bleiben lassen, denkt sich Julian, mit den Einladungen, doch Claude antwortet stets:

»Nein, heute nicht, Julian.«

Diese Formulierung schließt einen Stammtischbesuch Claudes an einem Heute in der Zukunft nicht aus.

Jan meint, dass Julian bei Claude seit dem *Helios-Klinikum*-Projekt einen Stein im Brett habe. Auch so eine altertümliche Formulierung, die wer weiß woher stammt.

Er kontert Jans Lob mit einer humorigen Antwort, doch es ist richtig, dass Claude in den wöchentlich anberaumten Projektbesprechungen, Feedback-Runden genannt, in denen die Entwürfe der laufenden Projekte von den Teams vorgestellt und besprochen werden, regelmäßig Julian um dessen Einschätzung bittet.

Am Sonntag, wenige Tage zuvor hat ihm die Geschäftsleitung den Bankenwettbewerb anvertraut, telefoniert Julian mit Mia, sein Besuchswochenende ist noch nicht an der Reihe. Sie telefonieren lange, denn Mia berichtet ihm der Reihe nach, welche Klassenarbeiten sie in der Woche geschrieben und welche sie zurückbekommen hat. Maren meint, er solle nicht so oft nach Mias Noten fragen. Julian findet, Mia erzählt ihm gern und aus freien Stücken von ihren Noten, die sehr gut sind.

»Gibst du mir bitte noch die Mama, Mia-Schatz?«, stellt er die Frage, die den Wechsel des Telefonhörers zu Maren einläutet.

Maren weiß nichts Besonderes aus der vergangenen Woche zu erzählen oder möchte die besonderen Ereignisse, wenn es sie gab, nicht mit ihm teilen. Nach ihrem kurzen Bericht stellt sie Julian die Gegenfrage:

»Wie geht es Vera und wie läuft es im Büro?«

Er will sich zügeln, doch ist machtlos gegenüber Freude und Stolz, die seine Stimme ins Exaltierte verfärben.

»Nein, Julian, du langweilst mich nicht«, betont Maren und ihre Stimme klingt, als dürfe er ihr glauben.

»Das ist wirklich ein Wahnsinnsprojekt.«

»Oh ja, das ist es«, antwortet er.

▪

Unruhig wackelt Julian mit dem Stuhl. Irgendwoher aus dem sternförmigen Aluminiumgestell seines Bürodrehstuhls knarzt es. Vielleicht von einer der fünf Rollen. Eine davon läuft nicht ganz rund, obwohl er sich, mit einer Pinzette bewaffnet, über Staub- und Haarflusen hergemacht hat. Er gießt sich Bitter Lemon nach. So schwungvoll, dass er an der Geschwindigkeit, mit welcher der Bitter-Lemon-Schaum nach oben, dem Rand des Glases entgegenstrebt, das Unheil kommen sieht. Der Schaum erreicht den Rand, hält inne, überwältigt von der Aussicht und der lockenden Freiheit. Kurz zögert der Schaum, dann flutet er die Tischplatte. Tastatur und Maus, alles, was nicht nass werden sollte, ist außer Reichweite. Jetzt stockt der Vorwärtsdrang, und der Bitter-Lemon-See scheint seine maximale Ausdehnung erreicht zu haben. Julian betrachtet den Schaum, die Lebendigkeit der auf- und zuploppenden Bläschen. Als würden sie beratschlagen, was hier und jetzt zu tun sei. Er kann dem Ausreißmanöver des Bitter Lemon entspannt zusehen – denn die Idee ist da.

Seit heute früh.

Im Morgengrauen hat sie mich gefunden, haha, lächelt Julian entspannt. Deshalb ist er nicht gleich aufgesprungen und in die Küche gelaufen, um einen Lappen zu holen und den Schaum aufzuwischen. Es wäre Zeit gewesen, den Schaum bei seinem Fluchtversuch, nicht am Verlassen des Glases, nein, dazu war der Schaum zu entschlossen, doch zumindest am Erreichen der Tischplatte zu stoppen. Oder, naheliegender, er hätte den Schaum vom Rand des Glases abtrinken können.

Das Bitter Lemon durfte Neues erleben, philosophiert Julian, weil mich die Ankunft der Idee milde gestimmt hat.

Er steht auf, holt einen Lappen aus der Küche, hebt das Glas an, wischt es auf der Unterseite ab, stellt es zur Seite, legt den Bitter-Lemon-See trocken und beendet die Unterhaltung der Schaumbläschen.

▪

»Stellen Sie sich ein Abflussrohr vor, Herr Seitz«, sagt Dr. Schumacher, »in dem sich Jahr für Jahr die hineingeschwemmten Kieselsteine ablagern.«

▪

Der Koffer steht vor seinen Füßen. Die heruntergelassene Jeans verdeckt seine Schuhe. Eine unschöne Vorstellung, dass seine Jeans den Boden des WCs berührt. Umso schöner der Gedanke an den Millionenkoffer. Bevor er ihn öffnet, würde Julian lauschen, ob niemand anderes auf der Toilette ist. Wie laut ist der verräterische Klang der aufschnappenden Schlösser? Das einzig schallschluckende Material in dem gekachelten Raum sind seine Kleider. Der Koffer, denkt Julian, ist auf seinem Schoß besser aufgehoben, besser gegen neugierige Blicke eines heimlichen zweiten Klobesuchers geschützt, der unter den Trennwänden zwischen den Kabinen hindurchspäht. Er hat den Koffer leise geöffnet und genießt den Anblick der akkurat gebündelten Geldscheine. Beim prüfenden Blick zur Decke überfällt Julian der Gedanke an Wesen, die in den Zwischendecken des Gebäudes hausen, aus unerklärlichen Gründen hausen sie dort, und eines dieser Wesen erhascht aus seinem dunklen Versteck einen Blick auf den Koffer auf Julians Schoß, auf die Geldscheinbündel darin. Wie schwierig ist es, einen Koffer auf dem Schoß zu balancieren? Der Koffer muss auf seinem Schoß bleiben. Die Geschöpfe, die in den Zwischendecken bei den warmen Lüftungsrohren leben, hat er vertreiben können, doch das Risiko, dass ein zweiter Besucher, aus welchen Gründen auch immer, schrecklicher Zufall eben, unter der Kabinenwand hindurch Julians heruntergelassene Jeans sieht und davor einen schwarzen Koffer, diese Gefahr ist real. Darum muss ich mich kümmern, nicht um Nachtwesen in meiner Einbildung, ermahnt sich Julian und spult den Film zurück auf Anfang. Er öffnet die Kabinentür und der Koffer steht vor ihm. Nein, sagt sich Julian, dann wäre der Koffer von einem vorherigen Klobesucher vergessen worden. Das wäre Diebstahl. Und diese Wendung gefällt ihm nicht. Eine Wendung, die Szenen von Mafiabossen und ihren Schergen nach sich zieht, die ihn, den Dieb ihres Drogengelds, verfolgen, hetzen, in die Ecke treiben. Nein, er setzt sich aufs Klo und dann ist der Koffer plötzlich da. Erscheint, Simsalabim, haha, vor seinen Füßen. Dann muss es schnell gehen: hoch mit dem Koffer auf seinen Schoß. Noch nicht öffnen, durchatmen. Größe und Gewicht abschätzen. Was wird da drin sein? Das wird doch nicht? Jetzt ist er da, der Eine-Million-Euro-Koffer. Eine Falle? Ein Scherz? Nein, ein ihm zugedachtes Wunder. Ohne doppelten Boden. Kein Grund, argwöhnisch zu sein. Aufs Klo gegangen ohne Million, mit einer Million herausgekommen. Meine Damen und Herren: ein Wunder! Er würde die Million mit Vera teilen. Eine halbe Million für jeden von ihnen. Genügt das? Zwei Millionen? Nein, nicht maßlos werden. Der Traum bleibt der Summe von einer Million Euro treu. Sei demütig, haha, ulkt Julian. Schuster, bleib bei deinem Leisten. Besser den Spatz in der Hand als die Taube auf dem Dach. Von seiner halben Million würde Mia hundertfünfzigtausend bekommen. Seine Eltern fünfzigtausend. Damit sind zweihunderttausend verteilt. Das ist genug. Großzügig genug? Die Rechnung noch mal aufmachen: hundertfünfzigtausend für Mia. Und Maren? Fünfzigtausend für Maren? Zweihunderttausend für Mia und Maren? Hundertfünfzigtausend für Mia, basta. Und zehntausend für Maren. Dann kann sie mit Henrik die Reise nach Island machen, von der sie seit Langem träumt. Das ist gut. Das sind keine Almosen. Jetzt bleibt für seine Eltern eine krumme Summe übrig, doch vierzigtausend sind ja auch nicht schlecht. Der Gedanke an Marens zehntausend kommt zurück.

»Hast du im Lotto gewonnen, Julian?«

Er malt sich aus, wie er Maren, Mia und Henrik das Geld übergibt. In bar – tatsächlich?

Er würde sie für die Geldübergabe zum Essen einladen. Kein übertrieben teures Restaurant, sondern ins *Goldoni,* Marens Lieblingsitaliener.

Julian erinnert sich, dass sich Mia, als sie das letzte Mal im *Goldoni* essen waren, an einem Zaubertrick versuchte, den ihr Henrik beigebracht hatte. Der Trick besteht darin, eines der kleinen, kräftig gesalzenen Pizzabrote in Schiffsrumpfform aus dem Brotkorb heraus auf den eigenen Teller zu zaubern. Mia stellte sich nicht ungeschickt an und sie bekam viel Applaus, obwohl alle am Tisch ihren Zaubertrick durchschaut haben.

»Jetzt du, Henrik«, bat Mia.

Henrik hob in einer ablehnenden Geste beide Arme und Hände in die Höhe, und plötzlich lag ein Pizzabrot auf seinem Teller.

»Unglaublich, ein Hütchenspieler ist ein Scheiß dagegen, Henrik«, entfuhr es Julian.

Er beobachtete bei Henriks zweiter Vorführung ganz genau dessen Hände, doch er konnte lediglich vermuten, dass Henriks rechte Hand mit der ausholenden Bewegung ein Ablenkungsmanöver vollführte, während es die linke Hand war, die blitzschnell zugriff und das Pizzabrot stibitzte. *Stibitzen,* was für ein altertümlicher Begriff, denkt sich Julian. Als wäre er bei seinen Großeltern aufgewachsen. Ein Wort aus der Mottenkiste. *Mottenkiste?* Er denkt in Begriffen wie ein Fossil. Er drückt die Spülung und sie überfällt fauchend die Stille seiner Hirngespinste.

■

»Gut läuft es im Büro«, antwortet Julian auf Marens Frage.

»Das Wahnsinnsprojekt? Ach ja, verschoben. Der Abgabetermin wurde verschoben.«

Mia und er besuchen heute Mias Freundin Sarah.

Sarah trägt ihren rechten Arm in einer dunkelblauen Schaumstoffschiene, die an Sarahs Rücken über Kreuz mit Klettbändern gehalten wird.

»Zum Glück«, meint Sarah, »bin ich Linkshänderin.«

»So wie Mama«, fügt Mia an.

Sarah hat sich die Schulter ausgekugelt.

Die beiden Freundinnen spinnen aus, welche Überraschungen und Geheimwaffen in Sarahs Schaumstoffapparat verborgen sein könnten. Das reicht von Spickzetteln über Stinkbombenkanonen bis zu Gadgets, die im Gelächter der Mädchen untergehen und so für April, Sarahs Mutter, und Julian unverständlich bleiben.

»Cackling girls«, scherzt April.

Sie ist Engländerin und bei der Stadt in der Öffentlichkeitsarbeit tätig. April erzählt Julian, wie Sarah sich die Schulter ausgekugelt hat. Sie erzählt es mit Witz, ohne jemanden bloßzustellen. Wichtig für Dirk, ihren Mann.

»Dirk hat etwas versucht«, so April, und berührt zärtlich Dirks Arm, »was zu dritt besser klappt.«

Vielleicht wertet Dirk Aprils Berührung als Aufforderung, jedenfalls übernimmt er Aprils Rolle und führt die Erzählung fort. Dirk berichtet, dass Sarah und er unter Zuhilfenahme, das ist tatsächlich der Begriff, den Dirk verwendet, unter Zuhilfenahme eines Schaukelgestells versucht hätten, zu zweit das Engelchen-flieg-Spiel zu spielen.

»Sarah hält sich mit rechts fest und ich nehme gar nicht so viel Anlauf und schon beim ersten Versuch kugelt sich Sarah die Schulter aus«, berichtet Dirk konsterniert.

»Laut geknackst hat es«, ruft Sarah aus der Sofaecke.

April und vor allem Dirk steht die Erleichterung ins Gesicht geschrieben, als Julian meint, dass letzte Woche, »Was für ein Zufall!«, pflichtet ihm April bei, Ben, ein Praktikant, erzählt hat, dass seine Eltern ihm beim Engelchen-flieg-Spiel die Schulter ausgekugelt hätten. Und dass der Orthopäde, der die Schulter eingerenkt hat, gesagt habe, dieses Spiel würde den Orthopädiepraxen Hamburgs die meisten Schulterluxationen bescheren.

Dank Ben, April und Dirk bewertet Julian Marens Abneigung gegen das Engelchen-flieg-Spiel in neuem Licht und ist heute froh über Marens Intuition. Damals, als er mit ihr und Mia das Spiel spielen wollte, empfand er Marens Weigerung als gegen ihn gerichtete Spielverderberei.

▪

Das Projekt ist, findet Julian, in der schönsten aller Projektphasen. In fünf Wochen ist die Präsentation der Entwurfsidee anberaumt. In diesen fünf Wochen werden die Nächte so sein, dass er sich beim Einschlafen aufs Aufwachen und Weiterarbeiten freuen wird.

▪

Twin Towers. Zwei Worte, die wie Blitze einschlagen. Ein Blitz von links, ein Blitz von rechts. Die Feuerwolken wölben sich, froh über ihre Befreiung, wütend, dass es so lange gedauert hat, heraus aus ihrem Gefängnis aus Glas und Stahlbeton. Der hellgraue Rauch, blumenkohlgleich, wirkt, weil er so träge aufquillt, wenig zerstörerisch.

Julian denkt an alte Plakatmotive von Reedereien, auf denen der schwarze Bug des Kreuzfahrtschiffs, einem Wolkenkratzer gleich, aus dem Wasser ragt. Ganz klein sind die weißen Wölkchen, die die Schornsteine ausspucken. Auf der Toilette seiner Großeltern hing ein solches Werbeplakat aus den 1920er-Jahren. Julian saß fasziniert davor. Nur sorgte er sich um die winzigen Möwen, die er vor dem riesigen Bug des Schiffs entdeckte. Der Schiffsrumpf steckt in dem topfebenen Blau der Meeresoberfläche. Kleine Wellen an der Stelle, wo Rumpf und Wasser zusammentreffen, zeigen, dass sich das Schiff durchaus vorwärtsbewegt. Die Möwen sollen schnell davonfliegen, bevor das Schwarz des Schiffsbugs größer und größer wird. Alles einnimmt, randlos über den Möwen zusammenbricht.

Zusammenbrechen würde seine Entwurfsidee für den Bankenneubau auch, sollten sie fallen, diese zwei Worte: *Twin Towers.*

Dann startet ein Film in den Köpfen. Übermächtig und nicht zu stoppen.

Vollführt er, fragt sich Julian, noch ein anspielungsreiches oder bereits ein gefährliches Spiel?

Nennen wir es ein mutiges Spiel, lächelt Julian.

Ist nicht jeder Turm, jedes Gebäude verletzlich?

Genug Pathos.

Was wohl die Öffentlichkeit für einen Namen kreieren wird? Claude zitiert gern die inoffiziell kursierenden Gebäudetitel, die selten wohlwollend auszufallen scheinen: *Schwangere Auster, Langer Lulatsch, Elefantenklo.* Titel, welche die von den Architektinnen und Architekten wohlüberlegten Namen verdrängt haben. Julian ertappt sich bei dem überheblichen Gedanken, dass der Volksmund angesichts der Schönheit seines Turms keinen spöttischen Namen findet, finden kann. Seine eigenen Versuche, einen griffigen Namen zu kreieren, waren ergebnislos. Nicht ganz. Er verfällt immer wieder auf: *One tower.* Doch auch da, etwas zeitverzögert, startet der Film. *One tower* steckt dieselbe Zündschnur an, die wild und funkensprühend abbrennt. Und sich nicht austreten lässt. Da kann er noch so engagiert präsentieren, sich an einem Witz versuchen, der würde zum Rohrkrepierer, zum verbalen Brandbeschleuniger. Zuhörerinnen und Zuhörer hätte er keine mehr: Alle wären noch im Raum, würden seine Stimme hören, aber nicht mehr zuhören. Da könnte er zwitschern, trällern, ein Lied singen, schreien, sie schauen den Film in ihren Köpfen. Es würde von Claudes Reaktion abhängen, ob sein Turm stehen bliebe. Gelächter gäbe es keines – wirklich? Schweigen wäre die höchste Form der Ablehnung.

Er erinnert sich an Almuts Entwurf für das Kongresszentrum in Kiel, von dem er absolut überzeugt gewesen war, doch Claude reihte Kritikpunkt an Kritikpunkt und sagte zum Schluss:

»Der gelungene Entwurf muss nicht unbedingt gefallen, doch er muss beeindrucken.«

In das betretene Schweigen fügte Claude hinzu:

»Dein Entwurf, Almut, beeindruckt.«

Claudes Manöver kam für alle, besonders für Almut, die unbeweglich vorne stand, so überraschend, dass es eine Ewigkeit dauerte, bis sich die Wendung in den Köpfen ausbreitete. Zeitlupenartig verlangsamte Fließgeschwindigkeit. Umso heftiger brach der Applaus hervor, während Almut regungslos blieb, eine Statue der eingefrorenen Zeit. Dann nickte sie Claude zu und lächelte. Ein Lächeln, nicht ganz befreit von widerstreitenden Gefühlen.

Würde ihm ein Lächeln gelingen?

Kritik an seinem Turm träfe ihn schutzlos. Direkt ins Herz, ulkt Julian. Seine Kilos, »mein Wonneproppen«, wie ihn Vera liebevoll nennt, als Schutzwall wirkungslos.

■

Julian streicht durch seinen Bart. Er trägt ihn noch nicht lange und seine Hand muss die Veränderung in seinem Gesicht, das weiche Fell rings um sein Kinn, inspizieren.

»Was hältst du davon, Julian?«, fragt Britta.

Er ist nicht im Bilde, um was es gerade geht. Britta, ganz im Bilde, ignoriert höflicherweise seine ausbleibende Antwort, seine Abwesenheit, und fährt fort. Sie berichtet von der Baustelle in der *HafenCity.* Eine Baustelle, die Probleme bereitet. Nicht nur dem Projektteam. Die Probleme beginnen ins ganze Büro auszustrahlen. Zuerst hatte Luis die Projektleitung, jetzt schlägt sich Britta damit herum. Erik bat vor zwei Wochen Julian, er solle das Team mit seiner Erfahrung unterstützen.

»Was heißt das konkret, Erik?«, fragte Julian.

»Britta bleibt Projektleiterin Entwurf«, antwortete Erik. »Du bist Supervisor.«

»Ganz neuer Titel«, lachte Julian.

»Britta macht das sehr gut«, fügte Julian hinzu.

»Da bin ich absolut deiner Meinung.«

Julian ist von Anfang an nicht scharf gewesen auf das Projekt. Die Probleme, die jetzt auftauchen, empfindet er als Sinnbilder seiner Vorsehungskraft.

»Die *HafenCity* ist nun Brittas Baby«, verkündete Erik.

»Viel Spaß mit deinem ADHS-Kind«, flachste Clemens am Abend, als sie in kleiner Runde beim Bier in der *Wikingerschenke* saßen.

»Das Planschbecken«, fuhr Clemens fort, »ist ja schon fertig.« Damit spielte Clemens auf *die* Herausforderung bei der Erschließung des Grundstücks an, den hohen Grundwasserspiegel. Das Wasser drückte bereits bei einer Aushubtiefe von fünf Metern stärker in die Baugrube als vorab berechnet. Herr Bukow, der Vorarbeiter, meinte: »Das ist nicht gut.« Für Bukows Verhältnisse, ein wortkarger, durch nichts zu erschütternder Schlacks, der lange Jahre zur See gefahren war, eine Äußerung von geradezu apokalyptischer Dimension.

Julian erinnert sich, dass Kai Lenz zu Beginn des Projekts dem Bauträger gegenüber die Bedenken, die von Britta und Erik intern geäußert wurden, nicht gerade weggelächelt, so doch nicht in den Vordergrund gestellt hat.

Bukow schlägt eine zusätzliche Verschalung vor.

Kein unlösbares Problem. Aber es kostet Zeit und Geld.

»Diesen Braten riechen alle Beteiligten meilenweit, ob gern oder ungern«, scherzte Julian.

»Im Mai sind wir wieder im Zeitplan«, meinte Bukow.

»Das wäre gut«, antwortete Julian.

Denn neben den zusätzlichen Kräften auf der Baustelle mussten auch bei ihnen im Büro zwei Personen mehr im Team mitarbeiten. Und hoffentlich, dachte sich Julian, hält am Ende der Reihe der Bauherr still. Während Julian diesen Rattenschwanz, Segment für Segment, gedanklich aufrollt, fährt ihm ein Stich in die Brust, gefolgt von einem zweiten und dritten, schwächeren. Ein Muskelkrampf, das kennt er. Er rollt die Schultern vor und zurück, hebt sie abwechselnd links und rechts nach oben.

Besser. Schon vorbei.

▪

Die Fahrt mit dem Bus schlägt Julian aufs Gemüt. Das Schaukeln und das laute Brummen des Motors. Vor allem aber bremst der Fahrer so abrupt. Kein Fahrgefühl hat der Mann, und das als Berufsfahrer, ärgert sich Julian. Außer ihm ergeben sich fünf weitere Passagiere dem ruppig bremsenden Fahrer. Vorne rechts sitzt ein junges Paar. Keine Teenager mehr, sie sind auf der Schwelle zum Erwachsensein. Sie lehnen ihre Köpfe aneinander. Ein schönes Bild, findet Julian. Da muss viel Sehnsucht nach der Nähe des anderen sein, die Köpfe bei dem barschen Fahrstil des Busfahrers aneinander zu lehnen. Julian sitzt in der Mitte des Busses, in der Nähe der Doppeltür, die an jeder Haltestelle einen Schwall kalte Luft hineinschaufelt. Er hätte sich weiter weg von der Tür setzen sollen. Da zeigt sich seine mangelnde Erfahrung mit Linienbusfahrten. Der Novembertag ist so ungemütlich, dass er sich fragt, wie er die Wintermonate überstehen soll. Er hat keine dickere Haut, oder besser ein Fell, in petto. Die Stoffbahnen, ihre zugeschnittenen Formen dem Körper des Menschen angepasst, mit deren Hilfe wir uns zu schützen versuchen, sind in Julians Fall ausgereizt, denn er hat seine wärmste Wollhose angezogen. Faszinierend, dass es überhaupt möglich ist, mithilfe mehr oder minder dünner Schichten Textils den Jahreszeiten, dem Wind, Regen, Schnee zu trotzen. Einundvierzig Winter habe ich es geschafft, da werde ich den zweiundvierzigsten auch schaffen, spricht sich Julian Mut zu. Als hätten sie die Absicht, seine Zuversicht aufmunternd zu unterstützen, dreht sich das junge Paar um und lächelt ihm zu. Er lächelt zurück.

Julian kaut mit seinen Backenzähnen auf den Flanken seiner Zunge. Eine Angewohnheit, die ihn entweder in versonnener oder angespannter Stimmung befällt. In Wellen bewegt er den Unterkiefer von links nach rechts und bearbeitet mit seinen Zahnreihen die Zunge. Nicht fest, dass es schmerzhaft wäre, vielmehr ein gleichmäßig massierender Druck.

»Du denkst wieder mit deinem Kiefer«, sagt Maren.

»Nicht kauen, Julian!«, ist die Kurzform ihrer Ermahnung.

Sicher hat er vor drei Monaten, bevor Almut und er auf die Bühne zu ihrem Vortrag im Deutschen Architektur Zentrum in Berlin gebeten wurden, auch mit dem Unterkiefer gearbeitet. Vera, auf dem Stuhl neben ihm in der ersten Reihe, hat ihn nicht ermahnt. Natürlich ist ihr seine Angewohnheit früh aufgefallen – sie stört sich nicht daran.

In Almuts und seinem Vortrag im Rahmen eines Symposiums mit dem Titel *Fassadengestaltung heute* präsentieren sie zwei aktuelle und ein älteres Projekt. Der Vortrag verläuft sehr gut. Almut und er sind ein eingespieltes Team.

»Unsere Fassaden müssen sich bewegen, Julian.«

Almuts Vorschlag, den Vortrag mit einem Film zu starten, ist ein Erfolg. Almut bringt ein Filmbüro ins Spiel, das einen dreiminütigen Film, eine rasante Kombination aus Renderings und Realfilmaufnahmen, die mit einer Drohne gefilmt wurden, inszeniert. Rune, der Kameramann, vollführt mit der Biene, wie er die Drohne nennt, waghalsige Manöver. Die Biene schwirrt auf die Gebäude zu, weicht geschickt Passanten aus. Der Bienenflug verlangsamt sich, der Fokus wird auf das Gebäude gelenkt. Am linken Rand erfasst die Kamera ein Paar, Arm in Arm. Bei Abnahme des Films hat Julian das Paar nicht wahrgenommen. Jetzt erkennt er Vera und sich. Almut lächelt ihm zu, zufrieden mit ihrer gelungenen Überraschung. Julian argwöhnt, ob ihn jemand aus dem Publikum erkannt hat, doch die Szene ist zu kurz, keine Sekunde lang sind Vera und er zu sehen. Almut hat ihm einen beigen Mantel verpasst, eine Farbe, die er noch nie getragen hat und in der er sich gut verkleidet fühlt. Die Biene ist im Foyer angekommen und Almut stellt das Entwurfskonzept vor. Almut, denkt Julian, wäre auch als Synchronsprecherin erfolgreich. Mit einem Nicken gibt er Almut zu verstehen, sie möge fortfahren und den eigentlich ihm zugedachten Part, die Präsentation der Struktur der ineinandergreifenden Stockwerke, die in Bezug zur Fassadengestaltung steht, übernehmen. Almut und er bevorzugen den Begriff Hülle anstatt Fassade, haben aus Rücksicht auf den Titel des Symposiums ihren Vortrag durchforstet und Hülle durch Fassade ersetzt.

Julian genießt es, auf der Bühne zu stehen, im Publikum Vera wissend, und Almut zuzuhören. Er geht drei Schritte zu dem Tisch, auf dem die Veranstalter Getränke für die Rednerinnen und Redner vorbereitet haben, und öffnet eine Cola-Flasche. Dabei bemerkt er zufrieden, dass er nicht aufgeregt ist, dass das Publikum, es mögen gut zweihundert Menschen sein, hätte es gute Augen, keinerlei Zittern seiner Hände wahrnehmen würde.

Sein Blick fällt auf einen früh ergrauten Mittvierziger in der zweiten Reihe, der ihn an einen Schauspieler erinnert, der gerade häufig in deutschsprachigen Filmen zu sehen ist. Der Name des Schauspielers fällt ihm nicht ein. Der Schauspieler-Zwilling lauscht konzentriert Almuts Vortrag. Sicher ein Architekten-Kollege, denkt Julian und ist stolz, auf dieser Bühne zu stehen und dass die Aufmerksamkeit des Kollegen Almut und ihm gilt. Ebenso die der Frau links neben ihm, seine Partnerin? Und die der Frau rechts neben ihm, die des Mannes neben der Frau und so weiter und so fort. Julian hätte gute Lust, so entspannt ist er, entlang der Stuhlreihen in die Gesichter zu schauen.

■

Maren meint, sie sei selbst überrascht, dass sie nicht eifersüchtig auf Fiona sei. Nicht sein könne. Nicht mehr.

»Muss ich versuchen, auf jemand Neues eifersüchtig zu sein, Julian?«, fragt sie ihn zwei Jahre später.

■

Julian weiß, dass es nicht bei einem Lieblingslied bleiben wird. Viele Lieblingslieder wird er in der nächsten Stunde hören. Ein Lieblingslied wird von einem noch tolleren Lieblingslied abgelöst. Oft wird dem unterlegenen Lied nicht zugestanden, bis zum Schluss gespielt zu werden.

Zack. Neues Lied.

Julian widersteht dem Impuls, Mia zu bitten, sie möge leiser stellen. Nach einem kurzen Intro erklingt eine einfache Melodie, gesungen von zwei, drei hellen, androgynen Männerstimmen, mit Hall unterlegt, Bass und Schlagzeug monoton dazu gesampelt.

Mia beginnt zu tanzen, Julian nimmt ihre Hände und sie tanzen, mehr oder minder im Takt, im Wohnzimmer. Der kreisrunde Teppich ist die Tanzfläche. Julian ist überrascht, wie dessen Größe zusammenschrumpft, zu klein wird für Mias und sein Gehüpfe. Strümpfig wie er ist, Maren duldet keine Straßenschuhe in der Wohnung, hat er Respekt vor den Gefahren, die außerhalb der Teppich-Tanzfläche lauern und es auf seine Zehen abgesehen haben. Tisch- und Stuhlbeine, der Fuß der Stehlampe.

Julian tanzt gern.

Er genießt seit seiner Jugend, sich in die Bewegung fallenzulassen, während die meisten seiner Geschlechtsgenossen nur mit dem Kopf im Takt nicken.

»Ich mache mich ungern zum Clown, Julian«, hat Richy, sein Schulfreund, ihm auf einer Klassenparty zugeraunt.

Den Teppich in Marens Wohnzimmer haben sie von seinem ersten Gehalt bei Lenz & Partner gekauft.

»Du bist ja ein heimlicher Pedant«, zog ihn Maren auf, als sie sah, dass er in den ersten Wochen nach dem Kauf anstatt über den Teppich um ihn herum ging.

Ein schöner Teppich, er gefällt ihm noch immer. Eine Weile hat er es sich als Selbstlosigkeit angerechnet, ihn Maren überlassen zu haben. Seine Erinnerung springt zu dem viermal so großen Teppich von Hannah und Bertram. Hannah, eine Studienfreundin von Maren – haben Maren und Hannah noch Kontakt zueinander? –, und ihr Mann Bertram, ein Fotograf. Es dürfte der vierzigste Geburtstag von Bertram gewesen sein, denn er war einiges älter als Hannah. Maren hat ihm eher beiläufig, auf dem Weg zu Hannah und Bertram, gesagt, dass deren Wohnung groß sei, groß geschnitten, war Marens Formulierung.

Die Wohnung verschlug Julian die Sprache. Die fünfzig bis sechzig Gäste verloren sich darin. Allein den terrassenartigen Balkon, von hohen Bäumen in riesigen Pflanzkübeln gesäumt, schätzte er auf neunzig Quadratmeter.

»Hundertzehn, mein Lieber«, vertraute ihm Bertram, spät am Abend, gut betankt, an.

Im Wohnzimmer, die meisten Gäste waren auf dem Balkon oder blieben in Reichweite des Buffets im Esszimmer, bewunderten Maren und Julian einen rechteckigen, sandfarbenen Teppich mit einem hypnotisch flirrenden, flechtengrünen Rautenmuster. Maren bückte sich, um die Knüpfung zu fühlen und zog ihre Hand überrascht zurück: Der Teppich ist mit einer durchsichtigen Kunststofffolie eingepackt. Komplett. An den Ecken ist die Folie umgeschlagen, glatt gezogen und auf der Unterseite des Teppichs, akkurat auf Zug, mit breitem Klebeband fixiert. Der für die Party präparierte Teppich erinnerte Julian an die erschütternd spießige Vorkehrung eines Ehepaars in einem Spielfilm, die darin bestand, dass das Paar, bevor es miteinander schlief, ein Taschentuch auf dem Nachttisch bereitlegte.

▪

Mias Lieblingsplatte der Woche ist von einer koreanischen Boygroup. Julian kommt die Musik bekannt vor. Ist es möglich, fragt er sich, dass das Mias erste Lieblingsplatte ist, die die Zeitspanne von zwei Wochen zwischen seinen Besuchen übersteht?

Mia singt textsicher mit. Auf Englisch. Was sie ebenso wenig versteht wie koreanisch, denkt Julian zärtlich.

»Sieben«, antwortet Mia auf seine Frage, wie viele Mitglieder die Band hat.

Die Musik klingt in seinen Ohren künstlich, doch ist tanzbar. Und sie bestätigt ihn darin, dass er keinen mehrstimmigen Gesang mag. Chöre sind ihm ein Graus. Die vielen übereinandergestapelten Stimmen entfachen eine fast schon beängstigende Wirkung. Bereits der dreistimmige Gesang der Beatles, bei seinen Großeltern schallte er oft aus den Standlautsprechern im Wohnzimmer, behagte ihm als Kind nicht. Ganz schwer tut er sich, trotz seiner Begeisterung für Jazz, mit Soul-Musik. Er hat sich reingehört in die Songs der Bands, deren Namen oft mit »The« beginnen. Viele Titel reizen ihn durchaus zum Tanzen, doch sie bewusst anhören, beim Autofahren beispielsweise, das würde er nie. Früh in seiner Jugend gefielen ihm die Instrumentalparts in den Popsongs. Umso länger, umso besser. Jetzt vermisst er keine Stimmen mehr, wenn die Melodie von Kamasi Washingtons Saxofon gespielt wird. Worte, sind sie noch so poetisch, benennen und schließen dabei vieles aus. In einem Saxofonsolo steckt für Julian ein Reichtum an Tönen und Gefühlen, vom blechernen Tröten und Schnarren zu warmen weichen Melodiebögen bis hin zu so hohen Tönen, dass sie einem scharf und schrill in den Kopf fahren. Und dazwischen das zischende Luftholen des Musikers. Dagegen klingt in seinen Ohren eine getextete Liedzeile plump.

■

Die Musik der jungen Sängerin hüllt Julian ein wie eine flauschige Decke. Mia schaut ihn überrascht an, als er meint, sie könne ruhig etwas lauter aufdrehen.

Bei seinen Besuchen hat sich eine gewisse Routine eingestellt, was ihr gemeinsames Musikhören anbelangt. Eine Zeit lang hat Mia seine väterliche Zugewandtheit und Geduld mit zuckersüßen Falsettstimmen, K-Pop, auf die Probe gestellt. Mit der Mia eigenen Beharrlichkeit, die es ihr nicht erlaubt, einen Song der neuen Platte nicht zu spielen, zumindest nicht wenigstens anzuspielen.

»Wenn Lara und ich zum Reiten gehen, dann sinken wir *soo* tief ein«, erklärt ihm Mia.

Für Uneingeweihte kryptisch – Julian ist sofort im Bilde.

Mia und er haben vor Wochen eine Ranch angelegt.

Julian hat vom Schreiner ein rechteckiges Brett, hundertzwanzig mal achtzig Zentimeter, zuschneiden und an den vier Seiten zehn Zentimeter hohe Holzleisten auf Stoß, auf Gehrung geschnitten und akkurat verleimt, anschrauben lassen. Bei einem gemeinsamen Spaziergang, Maren, guter Dinge, hat ebenfalls nach schönen Steinen Ausschau gehalten, haben Mia und er Sand, Steine und Moos gesammelt und zu Hause in die Holzform geschüttet. Fertig war die Ranch.

»Schau, Papa.«

Mia nimmt ihr Spielzeugpferd und bewegt es in Sprüngen über den Sand. Um ihrem Vater die Problematik vor Augen zu führen, drückt sie das Pferd bei jeder Landung tief in den Sand. So fest, dass sich Julian um die zierlichen Plastikbeine sorgt. Dann dreht Mia das Pferd auf der Stelle von links nach rechts, als wolle sich das Tier eingraben.

»Siehst du, Papa?«

»Ja.«

Beinahe wäre ihm herausgerutscht:

»Pass auf, Mia, du tust ihm noch weh.«

Damit hätte er Mia gekränkt.

Außerdem ist ihm der Name, auf den Mia ihr Pferd getauft hat, entfallen. Als er ihr das Pferd zum Geburtstag geschenkt hat, passend zu Laras Sommerhaus, da hat Mia ihr Pferd den ganzen Abend im Arm behalten. Zuerst dachte Julian an ein Schiff, doch Mias Faible für Schiffe hatte sich gelegt. Nach dem Abendessen schrieb Mia eine Liste mit Namensvorschlägen für ihr Pferd. Maren und Julian betonten unisono, dass es eine schwierige Entscheidung sei, sich angesichts der tollen Namen, die sie sich ausgedacht habe, für einen entscheiden zu müssen. Julians Favorit unter Mias Vorschlägen war Galopp-Clara. Dummerweise bleibt Galopp-Clara in seinem Gedächtnis, während er den Namen, auf den Mia ihr Pferd taufte, vergessen hat.

»Mia, du hast dein Pferd gut gefüttert, jetzt ist es zu schwer für den Sand auf deiner Ranch.«

»Rosa ist nicht zu dick«, entgegnet Mia knapp, zum Glück nicht gekränkt.

Rosa, genau.

Julian freut sich über sein gelungenes Manöver.

Dass sich Mia beim Spielen am Einsinken ihres Pferds stören würde, wäre ihm nie in den Sinn gekommen. Der Sand liegt vielleicht fünf Zentimeter hoch in dem Holzbassin, etwas niedriger und die Bodenplatte würde zum Vorschein kommen.

Mias Zimmer riecht immer noch nach Haarspray. Aber kein Vergleich zur vergangenen Woche. An der Haustür, das wäre übertrieben, da hat er noch nichts gerochen, im Flur schon.

»Eure tolle Idee von einer Ranch«, begrüßt ihn Maren, »geh hoch und riech mal rein in Mias Zimmer.«

Das Öffnen von Mias Zimmertür kommt einer Explosion gleich – so heftig empfängt ihn der Geruch des Haarsprays. Natürlich steht die Balkontür, mit einem Koffer von Maren für größtmöglichen Luftdurchsatz blockiert, offen. Auf dem Balkon springt Mia von links nach rechts, Rosa am ausgestreckten Arm in die Höhe gehoben. »Hallo, Mia-Schatz«, begrüßt Julian seine Tochter und nimmt sie in den Arm. Mia erklärt ihm ihre Idee, die sich als Tipp ihres Klassenkameraden Finn, genauer dessen älteren Bruders Mika, der eine Modelleisenbahn hat, herausstellt. Mikas Tipp war, dass Mia den Sand auf ihrer Ranch mittels Haarspray fixieren könne. Und eine Dose hat Mika Mia geschenkt – mit besten Grüßen von Modellbauer zu Modellbauerin.

Mia zeigt Julian die verhärtete oberste Sandschicht, die Rosas Gewicht trägt – jedoch bei zu viel Druck von Mias Hand unter Rosas Hufen bricht. Die Konsistenz der Sandkruste erinnert Julian an eine Crème brulée. Gewissenhaft hat Mia die ganze Dose auf ihrer Ranch versprüht.

Die nächsten vier Tage schlief Mia bei Maren und selbst einen Monat später kann Julian, wenn sie gemeinsam in Mias Zimmer spielen und Mia eine Schachtel aus ihrem Regal holt und öffnet, Haarsprayduft erhaschen.

Maren ist es, die Mia vorschlägt, sie könne doch in einer Ecke ihrer Ranch Bäume pflanzen.

»Das duftet schön nach Wald und eure Pferde finden Schatten.« Maren steckt Lavendelsträucher in den Sand und Mia sammelt im Park Zweige einer immergrünen Heckenpflanze, wobei Maren darauf achtet, dass es sich um ungiftige Sorten handelt.

Mia gießt ihren Wald gewissenhaft.

Auf Marens Rat hin mit einem Zerstäuber.

Mias Wäldchen riecht angenehm, denn da permanent feucht gehalten, trotzen die Immergrün-Zweige dem Tod. Der Duft der Ranch übertüncht den vertrauten Mias-Kinderzimmer-Geruch.

Eines Tages bemerkt Julian, dass sich die Bodenplatte der Ranch leicht nach oben wölbt.

»Mia, du brauchst deinen Wald nicht so oft zu gießen.«

»Aber Bäume brauchen doch Wasser!«

Der See am Rande des Wäldchens gefällt Julian jedes Mal aufs Neue. Als Mia meint, Lara und sie bräuchten einen See, aus dem Rosa und Lilly, so heißt Laras Pferd, trinken können, besorgt Julian aus dem Materiallager im Büro eine Plexiglasplatte, deren Oberseite mit Noppen, kleinen Wellen nicht unähnlich, aufgeraut ist. Mia und Julian schieben den Sand an der Stelle, wo der See entstehen soll, beiseite und malen die Holzplatte mit blauer Wasserfarbe an. Mia will, dass sie bunte Fische in das Blau des Wassers malen, doch Julian, gespannt auf die Wirkung der Plexiglasscheibe auf dem blauen Untergrund, vertröstet Mia, sie könnten später immer noch Fische dazu malen.

»Fische aussetzen«, hat er gesagt, was Mia nicht versteht und weshalb sie ihn fragend anschaut.

Sie legen die Plexiglasplatte, die Julian nierenförmig ausgeschnitten und deren Ränder er entgratet hat, auf die blaue Farbfläche und der Effekt von spiegelndem Wasser ist perfekt.

Bei seinem nächstem Besuch zeigt sich ein Problem des Sees, dass nämlich Steinchen unter die Plexiglasscheibe wandern und die Platte anheben. Dadurch verliert sich der Wassereffekt.

»Mia«, doziert Julian lehrerhaft, »wir müssen das Ufer des Sees befestigen. Er droht zu versanden.«

Mia antwortet nicht.

Beim Anheben der Wasseroberfläche entdeckt Julian die kleinen, mit farbigen Buntstiften gemalten Fische.

Die Entdeckung schwappt warm und zärtlich über ihn, eine Attacke, die ihn überrumpelt und überraschend heftig ausfällt. Er nimmt Mia in den Arm und drückt sie an sich.

»Schau mal, Papa«, sagt Mia, windet sich aus seiner Umarmung und zeigt ihm ein kleines Plastikschwein.

Es steht allein in dem Wäldchen.

»Warum versteckt sich das Schweinchen?«, fragt er.

Mia ist im Begriff zu antworten, ein bebendes »Nein« gelingt ihr noch, dann ist sie Spielball eines Lachanfalls.

Von immer wieder neu aufflackernden Lachsalven unterbrochen, kann Mia ihm schließlich verraten, was es mit dem Schweinchen im Wald auf sich hat.

»Es hat gepupst, Papa.«

»Klar«, pflichtet Julian Mia mit tiefer Bassstimme bei.

»Wer pupst muss raus. Raus aus'm Haus.«

Mia prustet los.

■

Julian zieht es zu dem Hund. Sein Fell glänzt tiefschwarz. Der Hund schaut ihn scheu an. Das musst du doch gar nicht, so unterwürfig gucken, denkt Julian. Der Hund kommt langsam näher – oder geht Julian auf den Hund zu? Schweben wäre die passendere Formulierung. Das Fell des Hundes wechselt von Schwarz in ein metallisch glänzendes Blau. Das Blau ist am Bauch des Hundes besonders intensiv. Der Bauch, das sieht Julian jetzt, ist aufgebläht. Und auf der Unterseite des aufgeblähten Bauchs, zwischen dem blauen Fell, leuchtet roter Schorf. Julian zieht seine Hand zurück. Hellrote, frische Wundmale. Julian kann nicht länger hinsehen, ihm tut das Tier schrecklich leid. Er ist froh, als der Hund langsam davonschwebt und vom Schwarz verschluckt wird. Das Schwarz hellt sich auf und die Linien der Schlafzimmerwände schälen sich heraus.

▪

Mia liegt auf dem Lümmelthron. So nennt Maren eine sehr frei interpretierte, damit für Julian gerade noch statthafte, Nachbildung des Eames'schen Lounge Chair. Julian fläzt sich auf dem Sofa und surft per Handy im Internet. Die Balkontür steht offen und ein laues Lüftchen weht herein.

Julian hat Mia seine Ideen für ihre gemeinsame Unternehmung, Stadtbummel oder Besuch im *Miniatur Wunderland,* präsentiert. Beide lösen keine Begeisterung aus.

»Wie oft seid ihr schon im *Miniatur Wunderland* gewesen?«, fragt ihn Maren.

Er pariert ihre Bemerkung mit der neuen Attraktion, dem nachgebauten Karnevalsumzug von Rio de Janeiro.

»Mit fünfzehntausend Zuschauern, Mia.«

Die Zahl hat Julian spontan erfunden, er darf nicht vergessen sie zu überprüfen.

»Lass es fünfzigtausend Figürchen sein, Julian. Interessiert das ein neunjähriges Mädchen?«

Mia stützt sich, einer Barrenübung gleich, an den Armlehnen ab und lässt sich rücklings in das Lounge-Chair-Plagiat plumpsen. Der Lümmelthron ächzt unter Mias Turnerei.

»Wenn ihr fertig seid, dann gebt mir Bescheid«, wird Mia drei Jahre später solche Mama-Papa-Dialoge kommentieren.

»Mach den Stuhl bitte nicht kaputt, Mia«, zischt Maren.

Damit, hofft Julian, ist der Weg frei für eine nachmittägliche Vater-Tochter-Allianz.

»Papa«, ruft Mia hinter der Stuhllehne hervor, »willst du sehen, wie ich mein Zimmer aufgeräumt habe?«

»Ja, klar«, antwortet er, bedauernd, die Bequemlichkeit des Sofas aufgeben zu müssen.

Auf den ersten Blick erkennt er in Mias Zimmer keine Veränderung. Ihr Zimmer ist immer sehr ordentlich aufgeräumt. Mia erklärt ihm ihre Neuordnung des Spielzeugregals. Die Ranch, bemerkt Julian, duftet nicht mehr nach Haarspray. Dann nennt ihm Mia zu jedem Abziehbildchen auf der Spiegelintarsie ihres Kleiderschranks den Namen der Freundin oder des Freundes, von der oder von dem sie es geschenkt bekommen hat. Julian registriert zufrieden, dass Mia kein Abziehbild auf das Holz des Schranks geklebt hat.

Im Alter von vielleicht vier Jahren hat Mia mit seinen Filzmarkern, an deren Spitzen Julian gerne riecht, was selten geworden ist, da er sie kaum noch benutzt, ihr Zimmer verschönert.

»Komm mal bitte mit hoch in Mias Zimmer, Julian«, begrüßte ihn Maren vielsagend am Abend.

Auf der Fußbodenleiste hinter Mias Bett lugten bunte Verzierungen hervor. Maren und Julian rückten Mias Bett von der Wand und sahen, dass die Leiste bemalt worden ist. Eine Arbeit von Stunden, Tagen. Zu sehen waren amorphe Formen, einem Camouflage-Muster gleich. Mia hat jedes ihrer rundlichen Pantoffeltierchen, manche sind stachelig, mit einer bunten Konturlinie versehen.

Maren und er überboten sich im Lob der künstlerischen Leistung ihrer Tochter. Selbst wenn es ihnen nicht gefallen hätte, sie hätten Mia nicht getadelt. Sie ermunterten Mia, weiter zu malen, alle Fußbodenleisten ihres Zimmers zu verschönern. Vielleicht wegen dem verloren gegangenen Reiz des Heimlichen malte Mia in den nächsten Wochen nur wenige Amöben hinzu, stockte deren Wachstum und versiegte schließlich.

Mias neues, größeres Bett verdeckt drei Jahre später die bemalte Leiste. Kommende Mieterinnen und Mieter werden, stellt sich Julian vor, auf die Spur aus Pantoffeltierchen stoßen. So wie Maren und er, als sie das Kinderzimmer strichen, Spuren ihrer Vormieter übermalten. Kann eine Farbschicht, fragt sich Julian, alle Gerüche, Stimmen, Freude, Schmerz, Leid, den Tod eines Vormieters binden und bannen? Auch deshalb liebt er den Geruch von

Neubauten. Frische Bodenleisten, helles Holz, noch nicht nachgedunkelt. Er hat gehört, dass in Japan Gebrauchtwagen fast ausnahmslos mit neuen Lenkrädern ausgestattet verkauft werden. Das ist nachvollziehbar – gut nachvollziehbar, lässt man dem Gedanken freien Lauf, dass jemand anderes das Lenkrad über Monate, Jahre hinweg angefasst, in seinen Händen gehalten hat.

Julian wacht auf, als sein Handy von seinem Bauch herunterrutscht. Zum Glück nicht auf den Boden, sondern in die Sofakuhle. Nach einer kurzen Orientierungslosigkeit, begleitet von der Frage, wie lange er wohl weggenickt ist, schaut er zu Mia, die regungslos, ebenfalls schlafend, in ihrem Sessel liegt. Er tastet nach seinem Handy und sieht auf dem Display, dass er keine Viertelstunde geschlafen hat. Er legt das Handy zurück auf seinen Bauch, lässt aber seine Hand darauf liegen. Nickerchenträge wandert Julians Blick durch den Raum zu Mia und er bemerkt eine Fliege, die auf Mias rechtem Unterarm spaziert. Die Fliege folgt einem Erkundungsplan, so entschlossen spaziert sie auf dem fremden Lebewesen hin und her. Da bewegt sich Mias Hand ganz sacht. Mia dreht ihre Handfläche und ihren Unterarm, so langsam und gleichmäßig, dass es die Fliege entweder nicht bemerkt oder ihr keinen Anlass zur Flucht gibt. Mit unverbrauchtem Eifer erkundet die Fliege die neue, unbekannte Seite des neunjährigen Mädchenarms und die Finger an Mias Hand öffnen sich genüsslich.

Julian versucht sich zu erinnern, ob er ein Insekt, das auf ihm herumgekrabbelt ist, jemals nicht verscheucht hat. Er überlegt lange, durchforstet seine Erinnerung, doch er findet nichts.

■

Julian genießt die Selbstverständlichkeit, mit der sich Vera und er unterhalten, gemeinsam nachdenken über Veras aktuelle Projekte, über seine, über alles Mögliche.

»Julian, heute fahre *ich*«, fordert Vera.

Sie fahren an die Nordsee.

Am Strand spazieren sie Richtung Süden.

Der Wind verfängt sich in Veras Kapuze und bauscht sie auf. Manchmal gelingt es dem Wind, Vera die Kapuze vom Kopf zu ziehen. Mit einem Lachen, das der Geschicklichkeit des Winds Respekt zollt, schlägt Vera die Kapuze wieder hoch.

»Auf dem Rückweg haben wir Rückenwind«, meint Julian. Der Wind hält sich nicht daran.

»Ein launischer Geselle, der Wind«, bemerkt Vera.

Während sie das sagt, erschließt sich Julian die Redewendung *Jemand hat einen windigen Charakter.*

Sie unterhalten sich über seinen Wettbewerb. Vera stellt Fragen, deren Beantwortung Julian nicht leichtfällt. Julian holt weit aus, über das Wesen des Bankgeschäfts, das Investitionen, Forschung, die Industriegesellschaft ermöglicht. Auf der einen Seite die unternehmerische Idee, auf der anderen die Institution, die Geld für ihre Realisierung zur Verfügung stellt. Dies zu verteufeln, erscheint Julian naiv.

»Die ungleiche Verteilung des Geldes, die gehört bekämpft«, sagt er.

Vera fragt, ob die ungleiche Verteilung nicht zum Wesen der freien Marktwirtschaft gehöre?

»Womöglich, ja«, pflichtet Julian ihr bei.

Er denkt über Veras Einwand nach und findet, dass er sich nicht nur in seinen Entwurfsansatz integrieren lässt, er vielmehr ein Teil davon ist.

»Aus der Dialektik des Geldes entspringt meine Idee«, so Julian, »eines Gebäudes in Form einer Doppelhelix. Zwei Gebäude, die eines sind.«

Julian schaut zu Vera herüber. Die Kapuze verdeckt viel von ihrem Gesicht, doch ihre zusammengezogenen Augenbrauen zeigen ihm, dass sie nachdenkt.

»Ich habe«, antwortet sie, »spontan keine Gebäudeform im Kopf, lediglich das Modell der DNA-Doppelhelix, doch deine Idee, Julian, dich von der Struktur des Lebens inspirieren zu lassen, die ist toll. Die gefällt mir.«

»Kein weiteres«, fährt Vera fort, »überdimensionales Tresor-Gebäude, das permanent die eine Parole funkt:

Hier ist dein Geld sicher.«

»Doppelhelix, Dialektik, Bulle und Bär, Yin und Yang, Mann und Frau, heiß und kalt, nah und fern ...«, sprudelt es aus Julian voller Erleichterung heraus.

»Ich habe verstanden, Julian«, unterbricht Vera seine Aufzählung lachend.

»Und um die Form des Gebäudes kümmere ich mich im nächsten Schritt – da robbe ich mich ran«, sagt er.

Aufgedreht von Veras Zuspruch imitiert er das Heulen einer Robbe.

Vera muss lachen.

»Weißt du, was *ich* dachte, Julian? Warum quiekst du wie ein Ferkel?«

Er führt Vera vor, wie ein Ferkel im Vergleich zu einer Robbe grunzt, und Vera schüttelt sich vor Lachen, in dem auch ein leichter Schauder steckt, denn sie befiehlt dem Ferkel, in den Stall zu gehen und Ruhe zu geben.

»Ich sehe nirgendwo einen Stall«, grunzt Julian.

»Da hat das Ferkel recht«, lacht Vera.

»Das hat es«, krächzt er, seine Stimme gibt vom vielen Grunzen nach.

Am Abend schlafen sie miteinander. Vera nimmt seinen Schwanz, führt ihn sich ein und setzt sich auf Julian obenauf. Manchmal bittet Vera Julian, unvermittelt, tagsüber, er möge doch seinen Schwanz herausholen, sie hätte Lust auf ihn. Sie fasst ihn gerne und gut an.

Patrizias Hand war die erste fremde Hand, die seinen Schwanz anfasste. Er war so aufgeregt, dass es ihm zu Beginn weniger erregend vorkam, als wenn er es selbst tat. Das war im Juli 1998 auf Amrum, der Sommerfreizeit des Tennisklubs. Geschlafen haben Patrizia und Julian nicht miteinander. Sie trafen sich in einer der Duschkabinen und von Mal zu Mal dirigierte ihn Patrizia selbstbewusster: »Höher und etwas langsamer, Julian.« Der Gedanke, mit seiner Hand unter Patrizias Hose zu tasten, ihre Weichheit zu berühren, ihren Atem, an ihn geklammert, nah an seinem Ohr zu hören, der schneller und unregelmäßiger wird, aus diesem Gedanken bestanden Julians Tage auf Amrum. Und seine Erinnerung an Amrum. Er erinnert sich an das Bild des Kachelmusters in den Duschen. Und dass sie jeden Abend Bier-Pingpong gespielt haben. Er erinnert sich an sein Zimmer, das er sich mit drei anderen Jungs geteilt hat. An den Blick aus dem Fenster erinnert er sich nicht, vielleicht haben sie es nie geöffnet. Er erinnert sich an Frederick, einen der drei Jungs in seinem Zimmer, und dass Frederick ihm und den beiden anderen eines Morgens die Steifheit seines Schwanzes vorführte. Fredericks Schwanz stand nicht rechtwinklig ab, sondern ragte, ganz eng am Bauch, senkrecht nach oben. Als hätte Frederick ihn an seinem Bauch mit doppelseitigem Klebeband fixiert. In den Wochen nach Amrum maß Julian seine Länge nach und addierte zwei Zentimeter hinzu, da das Lineal die Krümmung nicht berücksichtigte.

■

Eine Knobelei. Die Fährte darf nicht zu vordergründig ausgelegt werden. Betrachterin und Betrachter sollen den Eindruck haben, sie seien selbst darauf gestoßen. Ein vom

Gebäude eingelöstes Versprechen. Das zu implementieren, ist meine Aufgabe als Architekt, sagt sich Julian, ein wenig hochtrabend, wie er findet.

Vera hat ihn überzeugt, dass ihm ein gemeinsames Wochenende in Rotterdam, gerade wegen der Präsentation in vier Wochen, guttun wird.

»Das bringt dich auf andere Gedanken.«

▪

Julian tut sich, zu seiner Überraschung, weiterhin schwer, eine formal schlüssige Abstraktion der DNA-Doppelhelix für seinen Entwurf zu finden. Er hat die Sorge, dass die Gebäudeform, ist sie zu nahe an dem chemischen Modell der Spindel, platt wirkt. Außerdem beschäftigt ihn hartnäckig die Frage, ob beide Gebäudehälften identisch sein sollen. Wenn sie in Form, Grundfläche, Höhe und Windung identisch sind, müssen sie dann zwangsläufig in ihrer Oberflächengestaltung identisch sein? Bei der ersten Entwurfspräsentation spielt das keine Rolle, sagt er sich. Im Gegenteil, da ist die Beschäftigung mit Details vorschnell.

Manchmal tauchen in seinem Kopf Assoziationen auf, die ihm Energie rauben, sie wieder zurückzudrängen.

Der Äskulapstab, der von einer Schlange umwundene Stock, ist so eine Assoziation. Eine Yogaübung von Vera hat ihn auf den Vergleich gebracht. Vera bildet mit Ober- und Unterarmen einen rechten Winkel, überkreuzt ihre Unterarme und verdreht sie so weit, dass ihre Handflächen aufeinanderliegen. Die Liste der Tabubegriffe für seinen Entwurf wächst mit dem Neuankömmling Äskulapstab. Doch kein Vergleich zu dem Begriff an der Spitze der Liste: *Twin Towers.* Ich darf, ermahnt er sich, diesen Begriff, diese ominösen zwei Worte, nicht mehr in den Mund nehmen.

▪

Jetzt erinnert sich Julian, woher er den schwarzen Hund aus seinem Traum kennt: aus Almuts Video. Ein Statistenhund. Almut sammelt laufend Bilder von Personen jeglichen Geschlechts und Alters, Paaren und Familien, um die Innenräume und Außenflächen ihrer Renderings zu beleben. Der Hund gehört dazu. Die heranzoomende Kamera haucht ihm die Illusion einer schwebenden Bewegung ein. Almut macht sich den Spaß, Kolleginnen und Kollegen in die Statistenschar hineinzuschmuggeln. Wie Alfred Hitchcock, der, ob immer oder nur gelegentlich, kann Julian nicht sagen, für einen kurzen Moment in seinen Filmen auftaucht. Almut hat Favoriten unter ihren Statisten: die ältere Frau mit den vielen Plastiktüten, das sich küssende schwule Paar und der schwarz gelockte Mann mit dem bunten Schal. Dieser holt Almut drei Wochen nach seinem ersten Filmauftritt im Büro ab und stellt sich ihnen vor: Roberto.

▪

Den richtigen Moment, den Pullover auszuziehen, hat Julian verpasst. Jetzt klebt sein T-Shirt an seinem Rücken.

Mia und er sind mit Maren an ihrem üblichen Treffpunkt, einer Bank am Nordeingang des Tierparks, verabredet. Sie sind früher als geplant dort, da die kleinen Antilopen, auf die sich Mia so gefreut hat, von den älteren Tieren konsequent abgeschirmt wurden. Lediglich die kurzen Beine der Jungtiere waren, was nicht einfach war, in dem dichten Beingewirr der Herde auszumachen.

»Schau, Mia. Da ist ein Junges – wie süß!«, rief Julian, so laut, dass sich eine Familie nach ihnen umdrehte.

Es sind viele Familien an das Antilopen-Gehege gekommen. Ausgleichende Gerechtigkeit, fand Julian, dass sich auch den Antilopen der Anblick einer Herde Tiere mit Jungtieren bietet. Mias Lieblingseis war ausverkauft und Julian freute sich, dass seine Tochter, ohne erkennbare Enttäuschung, auf eine andere Sorte umschwenkte. Das war früher nicht der Fall. In seinen Gedanken suchte er nach lobenden Worten, verhedderte sich in komplizierten Formulierungen, ließ es schließlich sein.

»Lecker, das Eis, oder Mia?«

Er hat sich von Mias Flexibilität anstecken lassen und über seine beiden Kugeln Schokoladeneis eine Karamellsoße bestellt, die, selbst für seinen Geschmack, zu süß war. Außerdem rätselte er, wie er es anstellen könnte, dass für die untere Kugel Eis Karamellsoße übrig blieb. Vielleicht bohren, ein Drainagerohr bohren? Mia ließ unterdessen ungerührt geschehen, dass Linien geschmolzenen Eises über ihre Hand liefen. Ihn, ansonsten ein gemütlicher Esser, ein vorbildlicher Kauer, stresst schmelzendes Eis, das klebrig über die Finger läuft.

Mia und er schlenderten weiter. Julian schlug vor, ins Terrarium zu gehen, doch Mia wollte lieber zu den Elefanten. Zwei Elefanten standen im Außengehege, die Köpfe nah beieinander, als würden sie über einen anderen Elefanten aus ihrer Herde tuscheln. Herde?, fragte er sich, spricht man bei Elefanten von einer Herde? Herde klingt für ihn nach wuseligen, fellbesetzten Tieren, in so großer Zahl, dass einem der Kopf schwirrt, müsste man sie zählen.

Heute würde er Maren und Mia von Vera erzählen.

Vergangenes Wochenende hatte er seinen Besuch absagen müssen. Er hatte ein schlechtes Gewissen und das Ersatz-Telefonat mit Mia verlief zäh, ihre Antworten auf seine Fragen wurden kürzer und kürzer.

Bei seinem vorigen Besuch öffnete ihm Maren die Tür, schaute ihn an und meinte:

»Dir geht es gut, Julian, oder?«

»Ja«, hat er schlicht geantwortet und sich über seine Befangenheit gewundert.

In einer halben Stunde werden sie zu dritt auf *ihrer* Bank sitzen und nach einer kurzen Unterhaltung über dies und das wird er sagen, dass … er seit vier Monaten regelmäßig mit derselben Frau schläft? Und einen Namen hat sie auch: Vera. Ihr Beruf: Architektin.

»Das passt ja gut«, meint Maren eine knappe halbe Stunde später.

»Ja, das tut es«, antwortet Julian.

Mia sagt nichts, weder als der Name Vera fällt noch als Maren die Farbe seines Pullovers lobt. Burned curry.

Er hat ihn zusammen mit Vera gekauft. Ein Kaschmirpullover. Vergangenen Samstag. Veras Blick maß Julian in der Herrenabteilung vom Scheitel bis zur Sohle und sie nickte kurz und entschlossen und lachte ihn an. Und ihr Lachen zeigte ihm, dass ihr gefiel, was sie sah: den Pullover aus Kaschmir in Burned curry, vor allem den Mann darin, ihn.

Maren gegenüber vermied er irgendwann zu fragen, ob sie mit ihm einkaufen gehen wolle. Er selbst genießt es, Ausschau zu halten, nach diesem oder jenem, nichts dringend Benötigtes, vielmehr das wohltuende Gefühl erleben, ein ungewöhnlich gemustertes Hemd oder einen schönen Gürtel zu entdecken. Julian erinnert sich an Marens Körpersprache, die signalisierte, dass sie sich in dieser oder jener Herrenmode-Abteilung fremdbestimmt aufhalte und er sich beeilen möge mit seinem Kauf. Vor Monaten entsorgte er ein T-Shirt, das er mit Maren in einer solchen Stimmung gekauft hatte. Die Farbigkeit des T-Shirts ging von Rot, am Kragen, in Pink, am Bund, über. Eine Farbkombination, die ihn an Kirchners Winterlandschaften erinnert, die dieser nach seiner Flucht aus Berlin in Davos malte.

»Zieh dein Pavianleibchen an und spiel zu Hause auch den Oberarchitekten«, zischte Maren.

Meist floh Julian, bevor es zum Streit kam, aus der Wohnung. Wenn er vergessen hatte, den Autoschlüssel mitzunehmen, ging er in eine Kneipe drei Straßen weiter. Eine Studentenkneipe. Die Studentinnen und Studenten erlebten ihn, den seltenen, ein wenig älteren, besser gekleideten Gast, stets in angegriffener Gemütslage. *Café Fluxus* heißt die Kneipe. Die Initialen CF stehen, in Schreibschrift gemalt, an der Hauswand über dem Eingang. CF – für Julian die Abkürzung für Café Frust. Es war im Café Frust, an einem Septemberabend vor vier Jahren, als er sich in dem Spiegel hinter der Theke betrachtete. Er sah einen blonden Mann mit graublauen Augen, Jahrgang 1981, ein Meter fünfundachtzig groß, BMI von 28,5. Er versuchte, Maren seinem Spiegelbild hinzuzufügen, es gelang ihm nicht.

Und Mia?

Die Frage raubte ihm bisher jegliche Entschlossenheit.

Und Mia?

Mia kriegte das hin.

Ausformuliert eine profane Antwort, für Julian eine Offenbarung.

»Zeigst du mir ein Foto von Vera, Papa?«, fragt Mia.

Er scrollt durch Bilder einer blonden Frau, die oft und gerne lacht und Mitte dreißig ist, so alt wie Maren. Maren ist für Mia alterslos, die Frau auf dem Handy ihres Vaters erscheint seiner Tochter sicher uralt.

Mia und Julian betrachten die Reihe briefmarkengroßer Fotos und dabei sagt er, dass Vera und er zusammenziehen werden.

»Ja, wir haben bereits eine Wohnung gefunden.«

»Eine schöne Gegend, stimmt«, pflichtet er Maren bei.

Julian blickt von seinem Handy auf.

»Vera ist nicht schwanger«, antwortet er auf die Frage, von der er glaubt, sie in Marens Blick gesehen zu haben.

»Aha«, meint Maren, »interessant.« Und nach einer Pause: »Das habe ich gar nicht wissen wollen.«

■

Ein quadratischer Grundriss.

Diagonal geteilt in zwei Dreiecke.

Ob die Lücke, der Raum zwischen den Gebäuden, als Luftraum oder verglast ausgeführt werden soll, da ist er noch unentschieden. Beides denkbare Optionen.

In jedem Fall soll der Zwischenraum leuchten.

Rot.

Julian stellt sich die Wirkung spektakulär vor.

Eine Lebensader.

Keine Wunde, nein.

Ohne Emotionen zu provozieren, findet Julian, bleibt ein Gebäude lediglich eine Hülle.

Almut würde hell auflachen.

Ein Gebäudeentwurf mit Bezug zu *Nine Eleven?*

Das ist nicht dein Ernst, Julian.

Zum Glück hat er seine Anfangsidee von zwei Türmen einstürzen lassen.

Sonst wäre er in die Falle getappt.

Am gierigsten auf seine Türme hätte sich Lars gestürzt. Julian glaubt herausgefunden zu haben, welches Signal auf einen destruktiven Lars schließen lässt: wenn Lars wenig spricht, dafür in kurzen, hastigen Schlucken seinen Kaffee trinkt. Julians Versuch, anhand der Kleidung, die Lars trägt, auf dessen Angriffslust zu schließen, ist noch nicht belastbar. Anfangs glaubt er Lars' grünes Jackett als Alarmzeichen ausmachen zu können, dann lehrt ihn Lars bei einer Präsentation eines Besseren, als er Almuts Detailplanung für eine Fassadenkonstruktion lobt, unaufgesetzt lobt, und das im grünen Jackett. Lars, der Sportler, dehnt, bewusst oder unbewusst, wenn sie in der Büroküche oder in einer Besprechungspause zusammenstehen, abwechselnd die Beine. Standbein, Spielbein. Oder er wippt auf den Zehenspitzen. Das untrüglichste Zeichen dafür, dass mit einem kritischen Kommentar von Lars zu rechnen ist, ist die Geschwindigkeit, mit der Lars, zwischen Daumen und Zeigefinger der rechten Hand, seinen Fineliner hin und her wippen lässt. Lukas reagiert auf Lars' Kritik, indem er dessen Worte wiederholt, wahrscheinlich um Zeit für eine Antwort zu gewinnen. Ein Fehler, denn indem Lukas Lars' Worte wiederholt, unterstreicht er sie. Lars' Kommentare setzen sich, wie Kletten, an den Entwürfen fest. Im nächsten Schritt saugen sie sie aus. Lukas erscheint Julian ähnlich naiv wie die Raumschiffbesatzung, die sich, nachdem das krakenartige Alien schlaff vom Gesicht ihres Kameraden rutscht, erst einmal die Bäuche vollschlägt. Claude obliegt es mit seinem Schlusswort, die Präsentation zu beenden. Und das macht er sehr gut. Er baut Lukas, indem er ihm Fragen zu dessen Entwurf stellt, die Lukas gut beantworten kann, eine Brücke. Und Lukas geht über Claudes Brücke mit dem Gefühl, sie selbst gebaut zu haben.

▪

Die Stühle sind aufeinandergestapelt und ihre Chrombeine addieren sich zu glänzenden Linien. Die Linien ragen bis ins Blau des wolkenlosen Himmels hinein. Die Farbe der Sitzflächen, dunkelgrau, ist mit getupftem Pinsel aufgetragen, um den Eindruck von Polsterstoff zu erzeugen. Das gelingt gut, findet Julian. Er zählt fünf gestapelte Stuhltürme. Unterschiedlich hoch, eng beieinander stehend. Die Stuhltürme ragen weit in den Himmel, so weit, dass sich ihre Spitzen neigen. Die Statik scheint ausgereizt. Der Bildaufbau unterstützt den Eindruck von schwindelerregender Höhe und latenter Einsturzgefahr, denn er lässt Julian aus einer Froschperspektive zu den Stuhltürmen hinaufschauen. Die Zeichnerin, Mias Freundin Sarah, hat zwei Turmspitzen nah zusammengerückt, als würden die oberen Stockwerke Zwiesprache halten. Während Julian Sarahs Bild betrachtet, erklärt ihm Mia mit entschlossener Stimme ihr eigenes Bild. Auf der gegenüberliegenden Seite des großen Bogens Papier, auf dem die Freundinnen gemeinsam gemalt haben, steht Mias rotes Haus unter einer lachenden Sonne.

»In dein tolles Sommerhaus, Mia, würde ich sofort einziehen«, lobt Julian seine Tochter.

■

Ein quadratischer Grundriss.

So weit, so gut.

So fad?

Er denkt an das angejahrte Logo der Deutschen Bank.

Das ist nicht miteinander zu vergleichen.

Sind die beiden Gebäudehälften identisch?

Ja, beantwortet Julian seine eigene Frage.

Sind die Fassaden identisch?

Tja.

So reizvoll die Vorstellung unterschiedlich ausgeführter Fassaden, so beständig verlässt ihn der Mut, sich dieser Vorstellung hinzugeben, die Möglichkeiten, die sich ergeben, durchzuspielen. Dabei fühlt er sich als Passagier, als stolpere er durch seine eigenen Gedanken auf der Suche nach dem Ausgang.

Der quadratische Grundriss ist gesetzt.

Kantenlänge siebzig Meter.

Mindestens siebzig Meter.

Großzügig denken.

63 × 63 Meter betrugen die Grundflächen der Zwillingstürme. Der Name ist tabu. Die Maße ebenfalls.

Vera sagt, er hätte ein quadratisches Herz – was nicht das Schlechteste ist, fügt sie liebevoll hinzu. Gesagt hat sie es im Zusammenhang mit seinem Wunsch nach zwei Le-Corbusier-Sesseln, während sie mit Mies van der Rohes Barcelona Chair liebäugelte. Julian kann sich nicht mit dessen geschwungenen Stuhlbeinen, dem entscheidenden Gestaltungselement, anfreunden. Sieht er den Stuhl, in einem Foyer, einem Architekturmagazin, betrachtet er ihn eingehend und fragt sich, ob er ihn nicht doch mögen könnte. Sich anfreunden mit ihm. Und tatsächlich bemerkte er in letzter Zeit, dank Vera, eine aufkeimende Sympathie in sich. Der Barcelona Chair kann ruhig in das Foyer meiner Türme gestellt werden, grinst er.

Türme? – es sind keine Türme, es ist *ein* Turm.

Er muss sich zusammenreißen.

Wenn schon er selbst in die Bezeichnungsfalle tappt.

Er muss einen Namen finden.

Bis zur Präsentation braucht es einen guten Namen.

Heritage tower? Oh Gott, nein.

Der Name muss warten. Jetzt zählt der Entwurf.

Sind die Türme gleich hoch?

Er findet weder ein inhaltliches noch formales Argument, weshalb die Türme nicht gleich hoch sein sollten. Wäre einer der beiden niedriger, wäre das eine Abwertung.

Der schwächlichere Zwilling.

Die Fassade?

Gedanken um die Fassade mache ich mir später.

Jetzt gilt es, sich um die Grundform zu kümmern.

Ist das Quadrat in zwei gleiche Hälften geteilt?

Das denkt er zum ersten Mal.

Auch der Gedanke ist zweigeteilt: eine Hälfte Neugier, die andere Hälfte Enttäuschung. Enttäuschung darüber, etwas infrage zu stellen, was gesetzt ist.

Asymmetrisch geteilt?

Wie sieht das denn aus.

Ein Blödsinn.

Ein Gedankenfurz.

Dann wäre eines der Dreiecke nicht länger ein Dreieck, sondern ein Fünfeck. Auf jeden Fall ein Krampf.

Ein Krampfeck, haha.

Er geht an den Kühlschrank und schenkt sich sein leeres Bierglas mit Veras Riesling voll.

Eine unnötige Schleife habe ich da gedreht.

Hat aber, immerhin, das Fundament meines Entwurfs, das Quadrat, bestätigt.

Genau.

Ein von einem Schwerthieb der Länge nach geteiltes Vierkantholz. Ein Meisterhieb. Und beide Hälften bleiben stehen.

Jetzt kümmere ich mich um die Breite des Spalts.

Zu breit ist langweilig.

Zu schmal ebenso.

Zu schmal, dann könnte man meinen, dass es ein einzelner Baukörper ist, keine zwei. Da muss ein wahrnehmbarer Spalt sein. Deshalb tendiert er dazu, den Spalt nicht mit Glas zu verkleiden.

Julian denkt an eine Museumserweiterung von Snøhetta Architekten. Dem Ensemble von fünf denkmalgeschützten Holzhäusern aus der Mitte des 19. Jahrhunderts haben sie kein neues Gebäude an die Seite gestellt, was das Naheliegende gewesen wäre und was wohl neunundneunzig Prozent seiner Kolleginnen und Kollegen, er eingeschlossen, getan hätten, sondern sie haben in den Granitfelsen, der den Blick zum Meer verstellt, eine breite Kerbe geschlagen und da hinein schoben sie ihren Neubau. Und da die Stirnseiten des Neubaus verglast sind, erlauben sie den Blick aufs Meer, zum Horizont.

Neue Horizonte eröffnen.

Neue Perspektiven schaffen.

Genial.

Da bleiben keine Fragen offen.

Da bleibt nur Zustimmung, Anerkennung, Applaus.

Sein Entwurf muss eine konzeptionelle Kraft besitzen, damit er selbst mit einer abgegriffenen Überschrift wie *Neue Perspektiven schaffen* den Nerv trifft. Die Ausführungsdetails, wie breit der Spalt, komplett verglast, partiell verglast, all das tut nichts zur Sache. Er muss seiner Idee vertrauen, der Idee des Doppelhelix-Gebäudes.

Twin Tower rebirth.

Warum nicht?

Lars' destruktive Kommentare würden an der Idee dahinter abprallen.

Twin Tower rebirth?

Nein, das ist es nicht.

Das ist Bullshit.

Er muss eine Bezeichnung finden, die passt.

Und die gut ist. Die gegen Spott immun ist.

Prospect of further events.

Von wem stammt das?

Egal.

Dann halt von mir, haha.

The beautiful view.

Den Blick durch den Spalt zwischen seinen Gebäudeteilen kann er schwer als neue Perspektive verkaufen.

Schöne Aussicht auf big deals.

Mann, Mann, Mann.

Jetzt ist die Luft raus.

Jetzt braucht er noch ein Glas Wein.

Oder schafft er es noch, sich für eine halbe Stunde zu konzentrieren?

New perspective on a wine tasting.

Er ist für heute durch.

Punkt, Schluss, Ende, aus.

■

Als Wolff und Jansen die Einladung zum Wettbewerb für das *Helios Klinikum* erhält, schlägt Claude Julian als Projektleiter vor. Bei der Frage, wie mit einem alten Bestandsgebäude, seit den 1980er-Jahren Sitz der Klinikverwaltung, umzugehen ist, plädiert die Mehrheit im Büro für Abriss. Julian ist unentschlossen. Das sogenannte Gebäude F steht nicht unter Denkmalschutz und es hat im Lauf der Jahrzehnte, durch Um- und Anbauten, durch unterschiedliche Nutzungen, stark gelitten.

»Erwartet wird von den Wettbewerbseinreichungen«, steht im Ausschreibungstext, »ein Vorschlag, wie mit dem Gebäude F umzugehen ist.«

Das Gebäude F, ein Gründerzeitbau, 1908 als chirurgische Klinik erbaut, blickt auf eine wechselvolle Biografie zurück. Wie an der bedauerlichen Kreatur Dr. Frankensteins wurde am Gebäude F herumgeschraubt und herumgebastelt. F für Frankenstein. Du bist ein Lazarett, befahl man dem Gebäude F während des Ersten Weltkriegs. Im Zweiten Weltkrieg durch Bomben stark beschädigt fungierte es Anfang der 1950er-Jahre als Bettenhaus, um schließlich in den 1980er-Jahren die Verwaltung aufzunehmen. Uwe hat während seiner Recherche im Rahmen der Befragung der Mitarbeiterinnen und Mitarbeiter ausschließlich Klagen über die Unzulänglichkeiten des Gebäudes erhalten. Im Raum steht der Wunsch, wurde das Gerücht Uwe vor Ort ins Ohr geflüstert, nach einer Umnutzung des Gebäudes in eine orthopädische Abteilung.

Julian erinnert sich, als er wegen eines Leistenbruchs, »Früh für Ihr Alter«, hat eine Krankenschwester zu ihm gesagt, vor ein paar Jahren im Universitätsklinikum operiert wurde. Sein Zimmer lag im renovierten Altbaugebäude und durch das Fenster glänzte die Aluminiumfassade des Neubautrakts. Er zog, naiv und ignorant, zweifellos, eine Verbindung zwischen Architektur und Medizintechnik: altertümliche Medizin in alten Gebäuden, Medizin auf aktuellem Stand in neuen Gebäuden.

Was ließe sich im Gebäude F unterbringen?

»Die Klinikleitung«, schlägt Uwe vor.

Die Mehrheit in seinem Projektteam, einschließlich Julian, lehnt Uwes Idee ab. Das hätte tendenziöse Züge: die tipptopp renovierte Gründerzeitvilla für die Chefetage.

Ulf, zu Beginn des Projekts spricht Julian Ulf bisweilen mit Uwe an und umgekehrt, schlägt vor, man könne die Kinderabteilung in das Gebäude F verlegen. Damit wäre es nicht länger das profane Gebäude F, sondern die *Villa Kunterbunt*. Julian ist kurz davor, auf seinem Handy zu recherchieren, wie viele Kindergärten in Deutschland *Villa Kunterbunt* heißen, es dürften Dutzende sein. Ein zugkräftiger Name, klar, denn da erinnern sich die Eltern der Kinder an ihre eigene Kindheit.

Julian denkt an ein frühes Projekt bei Lenz & Partner, den Umbau eines Ärztehauses in Eppendorf.

»Herr Seitz, wenn ich eines aus meiner Arbeit als Kinder- und Jugendpsychologin gelernt habe, dann, dass es die Eltern der Kinder sind, die sich in meinen Praxisräumen wohlfühlen müssen«, sagte Frau Dr. Bonnet, Mitte fünfzig, die grauen Haare zu einem Pferdeschwanz zusammengebunden. Frau Dr. Bonnet saß hinter einem akkurat aufgeräumten Tisch im Erker eines großen hellen Altbauzimmers.

»Das ist«, fuhr sie fort, »wie ein pawlowscher Reflex. Die Mütter, es sind meistens die Mütter, Herr Seitz, die meinen, Gemütszustände bei ihren Kindern entdeckt zu haben, die unzufriedene Züge aufweisen, und die dann die Initiative ergreifen und Anlaufstellen für ihre Töchter und Söhne recherchieren. Beim ersten Besuch, ohne Kind, obwohl ich rate, dass das Kind mitkommen soll, schauen sich die Mütter beiläufig oder unverhohlen um, mehr an meinen Möbeln interessiert als an mir«, sagte Frau Dr. Bonnet, milde lächelnd.

»Und wenn im Therapieraum nebenan, das versichere ich Ihnen, Herr Seitz, das Spielzeug und die Spielzeugschachteln nicht picobello aufgeräumt im Regal stünden, dann würde ich die Hälfte der Kinder, mindestens, nie kennenlernen.«

Bloß weil Ulf einen kindischen Namen vorschlägt, kann er nicht bei Claude vorstellig werden, um ihn aus seinem Projektteam abzuberufen. Reiß dich am Riemen, sagt sich Julian. Auch so ein altertümliches Sprichwort. Wie groß ist der Vorrat an altbackenen Redewendungen in seinem Kopf? Ulf arbeitet, nachdem sie den Wettbewerb gewonnen haben, an der Innenausstattung, und das macht er sehr gut. Und wenn es Änderungen gibt, die, laut Bauherrn, schnellstmöglich eingepflegt werden sollen, dann arbeitet Ulf bis spätabends und ist dennoch am nächsten Morgen vor Julian im Büro. Man sieht Ulf die kurze Nacht nicht an, er ist ein drahtiger Kletterer, Boulderer, präzisiert Ulf.

Gebäude F machen sie zum Herz des Klinikums: Kardiologie. Das Gebäude F bleibt bestehen – und auch nicht. Sie entkernen es vollständig und platzieren in die ornamentale Hülle ein aufreizend schlichtes neues Gebäude, einen schwarzen Backstein aus glatt poliertem Granit. Die Pointe ist, dass das neue Gebäude den identischen Grundriss des Bestandsgebäudes besitzt, jedoch proportional um fünfzehn Prozent verkleinert, um acht Grad nach Westen gedreht, um fünfzehn Meter in nördlicher Linie und um zehn Meter in östlicher Richtung verschoben in die Gründerzeit-Hülle eingesetzt worden ist. Dadurch schiebt sich an zwei Seiten, im Osten und im Norden, der schwarz polierte Granit des inneren Gebäudes durch den Sandstein der Gründerzeitfassade. Nähert man sich südseitig dem Gebäude F, ist die verzierte Fassade mit dem Haupteingang das einnehmende Moment. Auf dieser Seite dringt der Neubau nicht durch die Hülle nach außen. Die zurückversetzte zweite, dunkle Fassade nimmt man wahr. Umrundet man das Gebäude F, sie haben die Wegführung zu dem Neubaukomplex mit den Häusern A bis E so angelegt, stößt man auf die »Jux und Tollerei«, wie Jan es nennt, dass sich das alte Gebäude an seiner östlichen und nördlichen Flanke auf fünf Metern Breite öffnet und sich die Ecken des neuen Gebäudes herausschieben.

Almut vergleicht den krummen Wuchs des neuen Gebäudes F mit jungen Bäumen, die gern nah neben ihren älteren Artgenossen in die Höhe sprießen. Julian gefällt Almuts Vergleich und er weiß, dass er in der Präsentation gut ankommen wird. Da stecken Assoziationen drin an *Leben* und an *Generationenwechsel.*

»Als du, Julian«, sagt Almut nach der Präsentation zu ihm, »in deinem Schlusswort vom Wechsel zwischen Werden und Vergehen, Leben und Tod erzählt hast, bin ich zusammengezuckt – doch genauso ist es.«

»Er hat eine Menge an Seele, unser Projektleiter«, sagt Claude und lächelt Julian zu.

Die Preise, die sie für ihr Klinikum gewinnen, genießt Julian fast wie zu Zeiten bei Lenz & Partner, doch die Auszeichnung bei einem der renommiertesten internationalen Architekturwettbewerbe lässt ihn zwei Kilo zunehmen, so zahlreich sind die süßen Geschenke, die er sich selbst macht.

An dem Tag, als die Jury sie darüber informiert, lässt Claude, ganz aufgekratzt, vierzig Flaschen Champagner kommen. Julian nimmt sich den nächsten Tag frei und fährt mit dem Auto nach Norden, Richtung Meer. Er lässt die Abzweigung nach Kiel rechts liegen und fährt weiter. Das Stakkato der weißen Linien zwischen den Fahrbahnen ist so gleichmäßig, als fahre er mithilfe des Tempomats. In Dänemark trinkt er einen Kaffee und isst zwei Pølser. Es dämmert und der Himmel bietet sein ganzes Sortiment an Rot- und Blautönen auf und quetscht sie in einem schmaler werdenden Streifen immer enger zusammen. Nach dem Einsteigen in seinen Wagen, der vom Abkühlen knistert, greift sich Julian unter die Achseln, hebt seine Hand an die Nase und riecht den süßlichen Duft. Er fährt entspannt und gleichmäßig durch die einbrechende Nacht zurück nach Hause.

Julian S., der humanoide Tempomat, witzelt er.

■

Die Sonne sticht ungeniert durch das Badezimmerfenster. Ihre Strahlen besitzen eine wohltuende Kraft. Beim Zähneputzen läuft Julian von links nach rechts im Badezimmer umher. Vera putzt sich ihre Zähne vornübergebeugt über dem Waschbecken. Er ist seit eineinhalb Stunden wach gelegen und hat in Gedanken seinen Entwurf begutachtet. Die Arbeit der vergangenen Wochen erfüllt ihn und er genießt das Überprüfen und Abklopfen von Details.

Vorgestern, spätabends, vergleicht Julian mit dem guten Gefühl, auf dem richtigen Weg zu sein, die Proportionen seines Gebäudes mit den Maßen der Baufläche. Er wundert sich, dass er diesen Bezug bisher nicht hergestellt hat, und zu seiner Freude sind die Zahlen nah beieinander.

Sehr nah.

Er ahnt, was das bedeutet, und ein Rauschen flutet seinen Kopf. Er steht auf und geht in die Küche, dabei ist ihm leicht schwindelig. Zurück an seinem Computer bemerkt er nach zehn Minuten, dass er isst – wegen der Zuckerkristalle auf seiner Tastatur. Die gezuckerten Weichgummis sind Veras Versuchung. Eigentlich kann sie sich sicher sein, dass er ihr dabei nicht in die Quere kommt. Mit Daumen und Zeigefinger massiert er seine Schläfen, seine Stirn, stützt seinen Kopf in die Hände. Er wird alle Maßverhältnisse seines Entwurfs, also Grundriss, Gebäudehöhe, die Höhen der Stockwerke, die Segmente der Fassadengestaltung und so weiter und so fort neu berechnen müssen.

Die Dimension dieser Entscheidung trifft Julian wie die Welle, die einen, auf dem Weg aus dem Wasser, unvermittelt im Rücken trifft. Julian sitzt im T-Shirt vor seinem Computer, und dass ihm kalt ist, merkt er erst jetzt. Er zieht den Nacken ein und die Schultern hoch. Seine Wangen sind warm. Eine trockene Wärme, die in den tiefen Hautschichten zu sitzen scheint. Auch an seinem Hinterkopf, wo er früh dünnes Haar bekommen hat, spürt er gleichzeitig Wärme und Frösteln.

»Mein Mönch«, sagt Vera zärtlich, wenn sie ihm über den Kopf streicht.

»Das ist nur ein Wirbel, Herr Seitz.«

Gern hat er über Jahre die Verharmlosung seiner beginnenden Glatze in den Worten seiner Friseurin geglaubt.

Julian arbeitet bis drei Uhr früh. Um halb drei verschluckt er sich an einem Stückchen Voll-Nuss-Schokolade. Er erschrickt über die Lautstärke seines Hustens in der stillen Wohnung und hofft, Vera nicht aufgeweckt zu haben. Nach dem Abendessen hat er zu ihr gesagt, er würde nur noch ein Stündchen arbeiten.

▪

Julian tut sich schwer mit Farben. Das weiß er und gesteht es offen ein. Gegen die Blautöne in den Treppenhäusern des *Helios Klinikums* hat er sich gesträubt. In Farbdiskussionen zieht er sich auf den dogmatischen Standpunkt zurück, es sei die Materialität, die den Farbeindruck liefern solle und keine darüber gepinselte Pigmentschicht. Diese Haltung, das ist ihm im Lauf der Jahre bewusst geworden, funktioniert in der Theorie, im akademischen Kontext, doch nicht in der Realität der Büroflure, Besprechungsräume und den Zwischendecken für die Technik. Die Kosten für den Innenausbau würden explodieren, wäre all das aus Holz, Glas, Textil und hochwertigem Sichtbeton.

Er bewundert Vera für ihre Energie, wenn sie um ein Massivholzgeländer anstatt einer Variante von der Stange kämpft. Übertragen auf das Treppenhaus des Klinikums hieße das, wolle man den Eindruck eines lichten Treppenhauses, dürfe man es nicht himmelblau anmalen, sondern müsse so viel Licht wie möglich hineinbekommen. Durch Fenster, großzügige Oberlichter, offene Etagen, vielleicht durch Spiegelkonstruktionen, durch Luftigkeit der Treppenkonstruktion und des Geländers. Vor allem müsse man dem Treppenhaus im Entwurf mehr Raum zugestehen als es die DIN-Norm verlangt. Ebenso gut gefällt ihm der gegensätzliche Gedanke: das Treppenhaus bewusst ohne Wohlfühlattitüde zu gestalten – ist und bleibt es doch ein Durchgangs- und kein Aufenthaltsraum.

Fünf Farbkombinationen sind es, die Julian tatsächlich ein ums andere Mal lanciert: Senfgelb–Aubergine, Neongelb–Hellgrau, Tomatenrot–Olivgrün, Petrolblau–Sandbeige und Dunkelgrau–Terracottabraun. Wie ein Blinder, scherzt Julian, der in der Vertrautheit seiner Wohnung gelernt hat, sich ohne Stock zu bewegen.

Vera erzählte ihm vor Kurzem, der Anlass war ein Farbkonzept, das ein Kollege von ihr vorgestellt hatte, von dem bekannten buddhistischen Wallfahrtsort, einem goldenen Felsen.

»Dieser Fels zeigt dir, Julian, was Farbe kann.«

Julian kennt den Stein von Fotos her, Vera hat ihn vor Jahren in natura gesehen. Er fragte Vera, ob die goldene Farbe notwendig sei, die instabile Lage des riesigen Findlings am Rand eines Felsvorsprungs böte doch zur Genüge Anlass innezuhalten. Vera konterte, dass es ihr im Vorfeld ähnlich gegangen sei wie ihm. Die Arbeit, Hingabe, Kosten, es ist Blattgold, den Mut, den es angesichts seiner spektakulär gefährlichen Lage brauchte, ihn golden einzufärben, all das, sagte Vera, belohne der Stein, sobald ihn die Sonnenstrahlen erreichen. Dann leuchtet sein Gold mit der Sonne um die Wette, wird der Fels selbst zum Sonnenball und transzendiert von einem grauen Granitfelsen zur Metapher des Lebens, der Vergänglichkeit, zu einer Ahnung von Spiritualität.

■

Mia und Vera rufen seinen Namen. Ihre Rufe und ihr Lachen kommen aus dem Badezimmer. Julian ahnt, was ihn erwartet. Als er die Badezimmertür öffnet, steht er im Dröhnen der Waschmaschine. Mia sitzt auf der Waschmaschine und wird von ihr durchgeschüttelt. Ihre Papa-Rufe werden durch das Rütteln an ihren Stimmbändern zu einem Stakkato verzerrt. Und die alte Waschmaschine dreht auf, gibt noch mehr Gas, hat sich in ihrem Schleuderprogramm ein paar Umdrehungen aufgespart, um die lästige Passagierin, die auf ihr reitet, abzuwerfen. Auf Baustellen mag Julian die sich stoisch drehenden Betonmischer. Waschmaschinen mag er nicht. In letzter Zeit verzieht er sich, sobald das Schleuderprogramm beginnt, in die äußerste Ecke ihrer Wohnung, in die Küche. Vera hat von einem Kollegen den Tipp bekommen, Waschmaschine und Trockner mit einem Spanngurt aneinanderzubinden. Julian ist froh über die Verbesserung, der allein durch ihre Optik gelingt – das straff gezogene gelbe Band und die stabilen Ratschen –, ihn zu beruhigen. Ein wenig. Trotz des an sie gebundenen Trockners, ein siamesischer Zwilling von ganz anderem, stillerem, Charakter, vollführt die Waschmaschine ihren wilden Tanz. Die klackenden Geräusche, die ein neues Waschprogramm ankündigen, sind für Julian Morsezeichen seiner Anspannung. Bevor Vera beide Maschinen zusammenband, hatte die Waschmaschine für Schrammen an der Wand und Schleifspuren auf den Fliesen gesorgt. Schwarzer Abrieb von den gummierten Füßchen, lächerlich unterdimensioniert angesichts der über ihnen waltenden Kräfte. Julian hofft, den Super-GAU seiner, wie Vera es nennt, Waschmaschinenphobie niemals zu erleben, dass auf dem Höhepunkt der Raserei der Wasserschlauch herausreißt und die Maschine inmitten des gefluteten Badezimmers herumplanscht.

▪

Der Tagesausflug von Wolff und Jansen führt tatsächlich in eine Skihalle. Sicher, denkt Julian, die Idee von Jan, mit dessen Faible für Sport und Fitness.

Julian hat nicht vor, Ski zu fahren, und deshalb auch nicht vor, an dem Betriebsausflug teilzunehmen.

Als Kind ist er ein-, zweimal mit seinen Eltern Ski gefahren. Wahrscheinlich im Harz.

»Von wegen Harz, Julian, da waren wir in Österreich«, berichtigte ihn seine Mutter bei einem seiner monatlichen Elternbesuche.

Die Fotos, die ihn, vielleicht achtjährig, in voller Montur im Schnee zeigen, muss er ab jetzt vom Harz nach Österreich verorten.

Ob nun Harz oder Österreich, für Julians Erinnerung ans Skifahren bleiben die prägenden Elemente durch den Ortswechsel unbenommen: weißer Schnee und blauer Himmel. In einer Skihalle fehlt die Hälfte davon und mit dem Schnee bleibt ausgerechnet das tückischere Element übrig. In Kopenhagen haben sie eine Skipiste auf das Dach einer Müllverbrennungsanlage gebaut. Schnee braucht es keinen – man rutscht auf Kunstrasen hinab.

Besser als im Harz und in Österreich, denkt er sich.

Uwe und Kristina, beide aus seinem Projektteam, sind auch im Büro geblieben. Julian freut sich, dass sie sich heute, im ausgedünnten Büro, mal länger und ungezwungener unterhalten können.

»Ich gebe eine Runde Skifahrernahrung aus«, verkündet Uwe und überreicht Kristina und Julian eine in rosafarbenes Papier verpackte Schokoladenwaffel.

Julian findet, dass die Waffelschnitte zu trocken ist.

Kristina lacht angesichts der beiden synchron waffelkauenden Männer.

Er verlässt das Büro früh und schlendert bei strahlendem Sonnenschein durch die Innenstadt. Der Gedanke an eine heruntergekühlte Halle, in der das Klappern der Skilifte noch verstärkt wird, schmerzt ihn hinter der Stirn. Er begegnet dem leichten Anflug von Kopfschmerz mit dem

Kauf eines grauen, silbrig glänzenden Hemdes, in einem kleinteiligen Waffelpikee gemustert. Das Hemd gibt es auch in Schwarz – er kauft es in beiden Farben. Da er in der Nähe ist, beschließt er, in einem neu eröffneten Café an der Alster eine Cola zu trinken.

Es ist voll in dem Café und die Kellnerin fragt eine blonde Frau, ob sich der Herr, sie deutet auf Julian, zu ihr setzen dürfe. Die Frau bejaht und rückt ihre Tasche näher zu sich heran. Als sie Julian anlächelt, fällt ihm auf, dass ihre linke Backe dick ist. Gleichmäßig rund, als verstecke sie einen kleinen Flummi darin. Julian greift in seine Papiertüte und nimmt eines der Hemden, das hellgraue, heraus. Eine Aktion, um Zeit zum Nachdenken zu gewinnen. Nachdenken darüber, wie er die Frau, die ihm gefällt, ansprechen könnte.

»Das gefällt mir.«

Julian schaut überrascht auf.

»Das Hemd. Mir gefällt Ihr neues Hemd.«

Vera und er erzählen Freunden gerne von ihrem ersten Kennenlernen.

»Das ging rasend schnell bei mir«, gesteht Julian.

»Noch während mich Vera fragte, ob sie das Hemd einmal in die Hand nehmen dürfe, habe ich mich in ihre Stimme verliebt. Und gleich darauf in ihre Hand, in ihre Finger, die den Stoff prüfen. Die leichteste Übung waren ihre Augen und ihr Lachen.«

Die Reaktion ihrer Freunde und Bekannten auf Julians Bericht ist ein vielstimmiges »Ach« und »Oh« und »Wie schön«. Nicht zum Besten gibt er, dass er sich ebenfalls in ihren gezogenen Weisheitszahn, den sie, zögerlich zuerst, aus ihrer Tasche hervorholte, verliebt hat. Sie rollte die Serviette, in die die Kieferchirurgin den Zahn gewickelt hatte, auf und der Zahn lag vor ihnen auf dem Bistrotisch.

»Das hier«, Vera zeigte auf eine rötliche Stelle an einer Seite des Zahns, »ist die Karies.«

Und Julian, verliebt in Vera, in ihren Zahn, der fern seines Bestimmungsorts auf einem runden Marmortischchen liegen musste, spürte tatsächlich Groll aufsteigen gegen die blöde Karies.

▪

Beide Eheleute, Herr und Frau Dommer, sind sehr freundlich. Herr Dommer ist groß, einen halben Kopf größer als Julian, und er nimmt eine leicht gebückte Haltung ein, selbst im Sitzen. Das, denkt Julian, lässt sich oft bei sehr großen Menschen beobachten. Tribut an das Leben in einer unterdimensionierten Welt.

Herr und Frau Dommer bieten Maren und Julian nach dem Platznehmen das Du an.

Achim hat ein markantes Grübchen und Julian fällt Marens Beobachtung ein, dass alle James-Bond-Darsteller ein Grübchen haben. Im Spaß nennt sich Julian Maren gegenüber manchmal James, denn auch er hat ein Grübchen.

Helen und Achim lächeln sich an. Julian findet, dass die beiden gut zueinander passen.

Helen serviert einen Teller mit Käsegebäck zum Kaffee. Dass es sich um Käsegebäck handelt, bemerkt Julian nach dem ersten Bissen. Die Enttäuschung darüber verfliegt schnell, denn Helens Käsegebäck schmeckt ihm, obwohl auf süße Plätzchen eingestellt, sehr gut. Dafür entschädigt der Kaffee mit einer süßen Note.

»Schön, dass euch der Kaffee schmeckt«, sagt Helen.

»Ich gebe«, erklärt sie, »zum Kaffeepulver einen Teelöffel Vanillezucker dazu.«

Sebastians Auftritt ist beiläufig. Er setzt sich auf die vordere Kante eines Sessels und nickt Maren und Julian zu. Ein schlanker neunjähriger Junge mit halblangen Haaren, die ihm weich in die Stirn fallen und regelmäßig weggeschoben werden müssen.

»Mia wollte nicht mitkommen?«, fragt Sebastian.

Julian findet Sebastian ebenso sympathisch wie dessen Eltern. Er fühlt sich regelrecht wohl auf der Couch mit dem grauen Wollstoff. Die großen Kissen in bunten Farben hat er sich in den Rücken geschoben, um angesichts der Sitztiefe, ein Problem vieler Sofas, bequem sitzen zu können.

Sebastian hat die blonden, glatten Haare seiner Mutter und auch ihren hellen Hautton. Sebastian und Mia gehen seit diesem Schuljahr in dieselbe Klasse. Sein Name ist ein ums andere Mal gefallen, wenn Julian Mia nach der Schule und nach ihren Freundinnen und Freunden in ihrer Klasse gefragt hat. Auch Maren, erinnert er sich, hat von Sebastian gesprochen, als es um ein Video von einem Kindergeburtstag ging. Welche Rolle Sebastian in dem Video gespielt hat, kann Julian nicht sagen. Sebastians Rolle heute, hier am Kaffeetisch, ist klar: Er ist der Böse.

Maren hat Julian am vergangenen Freitagnachmittag auf seinem Handy angerufen, was er sah, doch er hat nicht abgehoben, denn er war mit seinem Projektteam in einer Besprechung. Keine so wichtige Besprechung, dass er nicht hätte ans Telefon gehen können.

»Julian, bitte ruf mich zurück. Es geht um Mia.«

Marens Stimme auf seiner Mobilbox klang ruhig und sachlich, doch er kennt Marens Stimme und die feinen Modulationen darin, die entscheidend sind.

Er rief sie sofort zurück.

»Mia«, berichtete Maren, »ist auf dem Nachhauseweg von zwei Mitschülern, Sebastian und Finn, eine Böschung hinuntergeschubst worden.«

»Nein«, antwortete Maren, »sie ist nicht verletzt.«

Auch ihrer Freundin Ronja, mit der sie unterwegs war, gehe es den Umständen entsprechend gut, sie sei ebenfalls nicht verletzt.

Sebastian und Finn, berichtete Maren, hätten Mia und Ronja daran gehindert, die Böschung wieder hochzusteigen, indem sie auf dem Gehweg auf und ab patrouilliert seien. Die beiden Freundinnen hätten schließlich den Bach durchquert, der zwar wenig Wasser führte, dennoch seien sie mit nassen Füßen nach Hause gekommen.

»Mias nasse Füße sind mir nicht aufgefallen«, meinte Maren, »auch ihre Begrüßung war wie sonst.«

Julian hörte im Hintergrund Marens Festnetztelefon klingeln und Mias Stimme, die rief:

»Das ist sicher Ronja!«

Dann hörte er die sich überschlagende Stimme von Frauke, Ronjas Mutter, deren Geschrei Julian vom Hörer an Mias Ohr durchs Zimmer hindurch in Marens Handy hinein erreichte und ein Bild mit tosenden Wassern, steilen Böschungen und zwei verängstigten, durchnässten Mädchen malte.

»Sebastian, bitte erzähle Herrn und Frau Seitz, was du und Finn getan habt.«

Helens Stimme klingt vorwurfsfrei.

Sebastian spricht so flüssig, dass es auf Julian wirkt, als hätte er sich seinen Bericht gut zurechtgelegt.

Eingeübt mit seiner Mutter?

Sebastian blickt abwechselnd zu seiner Mutter, seinem Vater, Maren und ihm. Mias Namen vermeidet Sebastian in seinem Bericht nicht, erwähnt ihn im Gegenteil häufig.

Den Namen eines seiner Opfer.

»Fragt Sebastian, ob er sich vorstellen könne, was er Ronja und Mia, seinen beiden Opfern, angetan hat«, hat ihnen Frauke aufgetragen.

Julian findet die Bezeichnung Opfer übertrieben.

Ist Mia ein Opfer?

Ab welchem Demütigungsgrad wird man zum Opfer?

Sebastian ist am Ende seines Berichts angekommen.

»Glauben Sie, dass ich Mia morgen mal anrufen kann?«

Maren, überrumpelt, antwortet:

»Ja, ich denke schon.«

»Gut«, sagt Sebastian und steht auf.

»Sebastian«, sagt Helen und ihr Sohn hält inne.

Nach einer kurzen Pause sagt er:

»Bitte richten Sie Mia aus, dass es mir leidtut.«

»Das machen wir«, antwortet Julian, der froh ist, Frauke berichten zu können, dass sich Sebastian entschuldigt hat.

Sebastian blickt zu seiner Mutter, dann zu Julian, dann zu Maren, zu Achim, vergisst niemanden am Tisch, und erneut zu seiner Mutter. Helen nickt ihm zu und Sebastian verlässt das Wohnzimmer.

Julian folgt Sebastian in Gedanken die Treppe hoch in dessen Zimmer. In den Duft eines Jugendzimmers, gespeist aus den Kunstfasern der Fußballtrikots, Plastikmodellen und billig gedruckten Postern. So roch es zumindest in seinem eigenen Jugendzimmer. Julian lauscht, doch er hört nichts aus dem Stockwerk über ihnen. Sebastian, denkt Julian, sitzt an seinem Schreibtisch, sicher eines dieser Tischmodelle, die, laut der Werbung, mitwachsen, und tippt Finn eine Nachricht, wie die Aussprache mit den Alten von Mia, nein, so würde er sie nie bezeichnen, wie die Aussprache mit Mias Eltern gelaufen ist. Oder er hört Musik – ist da nicht ein leiser, gedämpfter Beat zu hören? Wenn Sebastian Musik hört, dann sicher mit Kopfhörer. Da hört man der Musik nicht zu, sondern sie spielt drinnen im Kopf.

Er selbst hat als Jugendlicher stundenlang mit dem Kopfhörer bäuchlings auf dem Boden vor der Hi-Fi-Anlage seiner Eltern liegend Musik gehört. Der Kopfhörer, ein altes, schweres Modell, dessen Haltebügel zu groß für seinen Kopf waren, hing mit seinem Gewicht an Julians Ohren und knickte sie auf Dauer schmerzhaft ab. Während des Musikhörens aß er Schmelzkäse-Scheiben und las Autozeitschriften, die ihm Maximilian, Maxi, ein Freund aus dem Nachbarhaus, auslieh. Maxi hatte von seinem Großvater zu Weihnachten ein Abonnement geschenkt bekommen. Maxis Mutter hat sich eines Tages bei Julians Mutter beschwert, dass Julian gerne weiterhin Maxis Autozeitschriften ausleihen könne, er, Julian, solle aber keine dieser klebrigen Plastikverpackungen zwischen die Seiten legen, denn die würden, beim Versuch sie zu entfernen, Text und Bild zerstören, und Maxi wolle die Hefte sammeln, unbeschädigt.

Julian rückt auf dem Sofa vor, um sich ein Käseplätzchen zu angeln. Helen schiebt ihm gedankenschnell den Teller zu. Er schnappt sich von beiden Sorten eines. Obwohl ihm die Plätzchen mit der Mandel obenauf besser schmecken als das rötliche, schärfer gewürzte Gebäck, möchte er nicht, dass die Restbestände auf dem Teller seine Vorliebe offen zur Schau stellen.

Die Vorstellung, wie Helen die Mandeln mit der Fingerspitze auf die Plätzchen drückt, nimmt, weit entfernt, eine leise sinnliche Note an.

Julian schlägt die Beine übereinander.

Wenig später, zum Abschied, reichen sie sich, Helen, Achim, Maren und er, die Hände und Helen fragt Maren, ob sie nicht Käsegebäck mitnehmen wolle.

»Für Mia.«

Julian glaubt in Helens Blick zu sehen, dass das Angebot auch ihm gilt.

Sie stehen zu viert im Flur und Maren antwortet:

»Ja, gern.«

Maren und er gehen zu seinem Auto, Julian trägt Helens Käsegebäck in einer doppelten Lage Serviettenpapier und legt es in das Seitentürfach, damit es nicht auf die Lederpolsterung durchfettet.

■

Drei Jahre später sitzen Maren, Mia und Julian bei Nachbarn von Maren und Mia, die weder Maren noch Mia, geschweige denn Julian vorher kennengelernt haben. Es gibt kein Gebäck zum Kaffee. Maren ergreift die Gesprächsinitiative. Die Nachbarn, ein Paar, er schätzt sie beide auf Mitte dreißig, kinderlos, dafür mit zwei neugierigen Hunden, rühren ihren eigenen Kaffee nicht an.

»Leider haben wir keine Milch«, bedauert Paula, Paula Janko, die Nachbarin. Mia fragt nach einem Saft und bekommt zu ihrer Freude eine Cola eingeschenkt.

Das Schweigen am Couchtisch beendet Mia, vielleicht angeregt von der Cola, und erzählt, wie es dazu kommen konnte, dass sie und Sarah einen Stein in das Kellerfenster der Jankos geworfen haben.

Paula und Stefan Janko hören zu und verziehen keine Miene. Sie wirken paralysiert. Als wären sie Geschworene in einem Strafprozess und die Schilderung des Tathergangs durch die Staatsanwaltschaft zwingt sie, in tiefste Abgründe zu blicken.

»Sarah und ich haben den Stein gerollt, nicht geworfen«, korrigiert sich Mia.

Der Stein, das Tatwerkzeug, markiert mit weiteren Steinen die Kante einer Böschung, die zu einem Kellerfenster hinabreicht. In dem Raum dahinter hat sich Stefan Janko ein Fitnessstudio eingerichtet. Maren hat Julian gestern im Schutz der Dämmerung den Tatort gezeigt. Er schätzt den Höhenunterschied auf eineinhalb Meter und den Neigungswinkel auf vierzig Grad. Ein Gefälle, das Mias Version nicht unmöglich macht.

Mia schildert, wie sie und Sarah die Reihe der Steine vor zwei Wochen entdeckt haben. Schließlich, am vergangenen Sonntagabend, sie sahen kein Licht im Haus, schoben sie sich durch die Hecke. Mia beschreibt lebhaft ihren Wunsch, einen der runden Steine in Bewegung zu setzen.

Das Unvermeidliche, das in der Luft lag und in naher oder ferner Zukunft passieren würde, wahr werden zu lassen – jetzt.

Überraschend leicht rollte der Stein los und überraschend schnell nahm er Fahrt auf. Er hätte auch träge und langsam die Böschung hinunterkugeln können. Doch er strebte entschlossen dem Kellerfenster entgegen und durchschlug es mühelos.

»Mitten im Zimmer ist er gelegen, der Stein«, schaltet sich Paula Janko ein, um Zweifel anzumelden, Mia und Sarah hätten den Stein lediglich angestupst.

In Paula Jankos Kopf, malt sich Julian aus, schwingen Mia und Sarah, dämonisch grinsend, gemeinsam den Stein hoch und höher und lassen ihn im zerstörerischsten Moment los, auf dass er sich krachend in das Fenster stürzt. Ihre Zähne und das Weiß ihrer Augen leuchten in der Dämmerung. So denkt Paula, die bei den Horrorfilmen, die ihr Stefan so gerne anschaut, oft nicht hinsieht, ihr sich dennoch genügend Horrorszenen eingebrannt haben.

Mia hat ihre Beichte beendet und in einer einstudiert wirkenden Choreografie greifen Maren, Mia und er synchron zu ihren Gläsern und Tassen. Das entlockt Paula Janko ein scheues Lächeln. Stefan kann nicht anders, als weiter ernst zu gucken. Julian will ihm helfen und sucht seinen Blick, doch Stefan heftet seine Augen auf den Couchtisch, als stünden dort die Worte, nach denen er seit einer halben Stunde sucht. Immerhin, denkt Julian überheblich, tut er was für seine Unterarme, denn Stefan knetet unablässig seine Hände.

Den Ersatz der Fensterscheibe hat Marens Haftpflichtversicherung übernommen. Einige Wochen später erzählt ihm Maren, dass sie am Haus der Jankos vorbeigekommen sei und die runden Steine jetzt, was sie viel schöner finde, locker auf der Wiese verteilt lägen. Keiner von ihnen in der Nähe der Böschung.

▪

Der entscheidende Impuls kommt von Vera.

Zwei Gebäude ergeben eines. So weit, so gut.

Die Gebäudehälften spiegelbildlich. Ebenfalls gesetzt.

Die Fassadengestaltung: spiegelverkehrt.

Das ist der Kniff.

Julian verpasst den Fassaden in seinem Entwurf einen Verlauf. Mithilfe sandgestrahlter, mattierter Flächen. Glas und Aluminium werden partiell so bearbeitet, dass der Glanz ihrer Oberflächen variiert. Und die neu belebte Fassade läuft bei der einen Helix von unten nach oben und bei der anderen von oben nach unten. Die Gebäude sollen, so Julian, auf keinen Fall kalt und abweisend wirken. Kein weiterer blau schimmernder, monolithischer Glaspalast. Darüber hinaus, denkt er sich, ganz euphorisch, kann ich die Fassaden, zusätzlich zum Sandstrahlen, mit einem gerasterten, stark abstrahierten Motiv, einfarbig weiß, bedrucken lassen. Ein Motiv, so grob aufgelöst, dass man es erst aus gehöriger Entfernung, aus einem Flugzeug, haha, erkennt.

Julian steht vor Aufregung, die letzte entscheidende Idee für seinen Entwurf gefunden zu haben, alle zehn Minuten auf, geht zum Kühlschrank, schenkt sich Bitter Lemon nach, setzt sich zurück an seinen Schreibtisch und verändert die Beleuchtungseinstellungen des Rendering-Programms, um sie nach einigem Hin und Her wieder rückgängig zu machen. Bleibt nur noch die Frage nach der Breite der Trennungsfuge. Die Fuge mit Glas zu verkleiden, ist vom Tisch. Es ärgert ihn, dass er wieder und wieder darauf herumkaut. Und der Abstand zwischen den Gebäuden, der ist ein Fall für die Entwurfsausarbeitung. Punkt. Er schaltet den Computer aus, schnappt sich seinen Mantel und beschließt, zum Einkaufen zu fahren. Ein neuer Kasten Bitter Lemon. Julian schaut auf Veras Einkaufszettel, der am Kühlschrank unter einem Magneten in Segelschiffform, ein Geschenk von Mia, klemmt. Es steht nicht viel auf dem Zettel, Julian fotografiert ihn dennoch mit seinem Handy ab. Die Autoschlüssel liegen, wie bei Marens, Veras und seinen Eltern, in einer Schale auf einer Kommode im Flur.

Die Fahrt mit seinem Auto, das konzentrierte Lenken, Bremsen, Gasgeben und das sonore Brummen des Motors beruhigen ihn sofort. Die Geräusche von außen dringen angenehm gedämpft in seinen Kokon. Das Fahren, findet Julian, ist im richtigen Maße einnehmend, sodass er dabei gut nachdenken kann. Er biegt spontan ab Richtung Autobahn und hebt seine rechte Hand vor den Innenspiegel, eine Entschuldigungsgeste dem weißen Volvo gegenüber, der hinter ihm aufblendet. Auf der Autobahn tritt er aufs Gas und genießt den Druck der Beschleunigung. Wie Auftrieb unter Wasser. Ein Element, das er liebt und in dem er sich wohlfühlt. Er ist bei seiner Recherche auf den Turm eines Aufzugherstellers in Süddeutschland gestoßen, der aussieht wie der Bohraufsatz einer Schlagbohrmaschine. Entfernt könnte man, denkt Julian, seinen Entwurf mit diesem Turm in Verbindung bringen. Sehr weit entfernt. Sein Gebäudedoppel besitzt einen quadratischen Grundriss, ist subtiler in sich gedreht, lediglich eine Drehung auf der gesamten Höhe, und hat ganz andere Proportionen als der Aufzugstestturm, der einen Spiralbohrer exakt imitiert.

Es ist dunkel, als er nach Hause kommt, ohne einen Kasten Bitter Lemon und die Sachen von der Einkaufsliste dabeizuhaben. Dafür hat er etwas anderes dabei: den Titel für seinen Entwurf.

Was ist dagegen ein Kasten Bitter Lemon, scherzt Julian.

»Heute Abend komme ich spät nach Hause, Julian. Ich treffe mich mit Karen.«

In nervöser Vorfreude beschließt er, Vera morgen früh, gleich nach dem Aufwachen, einzuweihen.

▪

Wohin mit dem Koffer?
Ruhig bleiben. Nachdenken.
Wer bekommt wie viel?
Die Hälfte, zuallererst, Vera.
Das ist klar. Das ist gesetzt.
Eine Million. Wer bekommt wie viel?
An dem Punkt war er schon.
Fünfhunderttausend für Vera.
Die zweiten fünfhunderttausend werden verteilt.
Die Spülung rauscht. Aufs Klo gegangen.
Plötzlich ist da ein schwarzer Koffer.
Mit goldenen Schnappschlössern.
Die gerne klemmen, vor allem bei billigen Koffern.
Ein billiger Koffer aus einem billigen Tagtraum.
Keine negativen Gefühle. Die gefährden den Traum.
Ein Batzen Geld.
Fünfhunderttausend bekommt Vera. Das ist gesetzt.
Den Koffer muss er ganz selbstverständlich raustragen.
Nicht den Griff umklammern.
Dass seine Knöchel weiß hervortreten.
Und wenn ein Arsch von einem Dieb?
Keine negativen Gedanken. Keine Unflätigkeiten.
Wie viel wiegt eine Million?
Er war schon besser, der Traum.
Denkt er beim Abputzen.
Fünfhunderttausend für Vera.
Das Verteilen des Rests kommt später.

Zuerst muss der Koffer sicher raus aus dem Klo.
Durch die Stadt nach Hause? Im Auto kein Problem.
Zu Hause wohin? In den Schrank?
Schrank, Zimmer und der Koffer lösen sich auf.
Verbindung brüchig, gekappt.
Die Enden federleicht und weggetragen.
Schweben davon.
Ein Hundert-Euro-Schein schwebt zurück.
Ihn opfern?
Was für eine eklige Vorstellung.
Er bräuchte mindestens zehn Scheine.
Eher zwanzig, so glatt, wie das Banknotenpapier ist.
Stopp.
Jetzt reicht's.
Sein Eine-Million-Euro-Koffer-Traum.
Ist heute ungut abgerutscht.
Irgendwie am Arsch.

▪

An ihrem fünften Weihnachtsfest als kleine Familie hat es in der Nacht auf den zweiten Feiertag ein paar Zentimeter geschneit. Mia und er gehen in den nahe gelegenen Park und Julian fragt sich, woher der Ursprung des formalen Konzepts stammt, mit drei aufeinandergestapelten, von unten nach oben kleiner werdenden Schneekugeln einen Turm zu bauen und diesen durch platziertes Hinzufügen von Steinen zu vermenschlichen.

Die Kugeln der Kinder ringsumher sind braun verfärbt, Grashalme und Zweige stecken in ihnen.

Haselnusseiskugeln, denkt Julian. Oder Stracciatella.

Doch Mia hat keine Lust auf ein Eis.

Das Schneeweiß des Parks ist kreuz und quer von Linien durchzogen, durch die das Gras grün hervorschimmert. Die Unbeirrbarkeit der Kinder gefällt Julian. Ein Programm ist in ihren Köpfen gestartet worden, das da heißt: Schneekugeln zusammenrollen und aufeinandertürmen.

Er schlägt Mia vor, an das südliche Ende des Parks zu gehen: »Da finden wir noch schöneren Schnee für deinen Schneemann, Mia-Schatz.«

Mias Schneemann soll nicht so grasfleckig und braun gescheckt daherkommen, denkt er. Mit Kugeln, die gleichmäßig rund sind. Runder als die bestenfalls eiförmigen Kugeln um sie herum.

Mia nickt, lächelt und stapft voraus.

Mias Lächeln gleicht Marens. Ein zartes Lächeln, sehr kurz, über das man sich deshalb besonders freut.

»Weil du so schön lächeln kannst, Julian.«

Das sind die Worte von Frau Nolde. Es dürfte in der fünften Klasse gewesen sein, und Frau Nolde beließ es mit diesem Argument bei einer Ermahnung, weil Julian mit seinem Sitznachbarn getuschelt hatte. Julian erlebte Frau Noldes Kompliment als ein irgendwie peinliches, doch wohliges Gefühl. Auch Frau Haidt, »Haidt mit A und I, wie der Esel rückwärts schreit«, so ihre Buchstabierhilfe, wenn sie am Telefon eine Bestellung aufnahm, machte Julian ein Kompliment: »Du bist ein hübscher Bub. Und lachst so schön.« Während Frau Haidt, *Bäckerei Haidt,* dies sagte, reichte sie Julian mit einer Hand das Rosinenbrötchen über die Theke und strich mit der anderen über sein Haar. In einer schnellen Wischbewegung von links nach rechts, als wollte Frau Haidt etwas aus seinen Haaren herausfischen, was da nicht hingehörte. Julian erinnert sich, dass er Frau Haidts Streicheln als ruppig empfand. Anders als die Liebkosungen, die er von zu Hause kannte.

Als Maren vor drei Jahren, beiläufig, wie es Julian schien, von einem neuen Kollegen, Manuel, erzählte, beschrieb sie diesen als sympathisch und dass Manuels Lächeln sie an seines erinnere. Er hat ihr Kompliment ausschließlich auf sich bezogen.

Mia streicht den Schnee mit ihrer rechten, behandschuhten Hand von einem Geländer herunter. Sie steigen einen Hügel empor und Julian beginnt zu schwitzen.

»Ist dir auch schon warm, Mia?«

Mia schüttelt den Kopf.

Ein Elsternpaar fliegt aus einem Baum empor.

Julian mag Elstern, ihr schönes schwarz-weißes Federkleid, größtmöglicher Kontrast, ohne weichen Übergang.

»Rätselfrage, Mia«, sagt er, »welche Tiere kennst du, die, wie die Elstern, schwarz-weiß gefärbt sind?«

Während Mia nachdenkt, er genießt den Gesichtsausdruck, den sie dabei macht, forscht er selbst nach Tieren, die dazu passen.

»Kuh«, sagt Mia und Julian stimmt ihr zu.

»Zebra!«, ruft Mia.

»Super, Mia.«

Seine eigene Liste ist noch kurz: Schwertwal und Pandabär. Mit den Elstern zusammen ein Trio. Zu Lande, zu Wasser und in der Luft. Eine schöne Entdeckung.

»Schlangen.«

Irritiert bittet er Mia, eine konkrete Schlange zu nennen, denn es gebe ja so viele verschiedene und eine schwarzweiße würde ihm nicht einfallen.

»Die Kobraschlange!«, ruft Mia laut.

Julian versucht, die Argumente seiner Tochter zu erfragen, weshalb sie die Kobra genannt hat.

»Sie ist unten weiß und oben schwarz.«

»Ja, da ist was dran, Mia, doch das Schwarz ist kein richtiges Schwarz, eher ein Graubraun, schau mal ...«

Julian zeigt Mia auf seinem Handy Bilder von Kobras.

Er wischt von Bild zu Bild, durch viele Kobras hindurch, oft mit dem charakteristisch hochgereckten Kopf und dem zu einem flachen Schild aufgestellten Nacken. Einige Bilder zeigen anscheinend Kobras, doch ohne diesen Schild hätte Julian sie nicht als Kobra erkannt. Auf vielen Bildern sieht man ineinander verschlungene Schlangenknäuel, wobei es unmöglich ist, zu sagen, wie viele Schlangen sich da gerade verknäulen. Fasziniert betrachtet Julian die Bilder und fragt sich, warum sich die Schlangen zusammenknäulen. Fortpflanzung? Kampf? Oder reine Geselligkeit?

Mia ist mittlerweile weiter vorausgegangen.

Julian setzt ihr in großen Schritten nach, packt sie an der Taille und hebt sie hoch. Sie lacht und quiekt vergnügt ob der väterlichen Attacke und ihm fällt dabei ein, dass es auch schwarz-weiß gefärbte Schweine gibt.

Der Schnee am äußersten Rand des Parks ist nur von wenigen Fußspuren durchzogen. Julian macht sich daran, die erste Kugel für Mias Schneemann, er hat sie gefragt, ob sie lieber einen Schneemann oder eine Schneefrau bauen wolle, zu formen.

Julian wirft einen ganz locker zusammengedrückten Schneeball in hohem Bogen nach Mia.

Mia ahmt einen Fluchtversuch nach, so langsam, zeitlupenartig sind ihre Bewegungen. Als suche sie den Treffer, wisse um dessen Ungefährlichkeit.

Sie lässt sich auf das Spiel ein, freut sich Julian.

Papas Schneeball tut nicht weh. Ein Schneeball, der vom Himmel fällt und sich in seine Einzelteile auflöst – so sacht zusammengepresst ist er. Nichts anderes als eine zarte Berührung. Die Verlängerung von Julians Arm und seiner Hand.

Mias Schneebälle verfehlen ihr Ziel allesamt, obwohl sich Julian nicht bewegt, ein stoischer Riese, der lediglich den Oberkörper, wie ein Torwart in Erwartung des Elfmeters, nach links und rechts neigt. Er versucht einige ihrer Schneebälle mit den ausgestreckten Händen zu fangen, doch Mias Beschuss wird immer fahriger, sie lacht und kreischt und knetet gar keine Schneebälle mehr zusammen, sondern schleudert ihm Hände voll Schnees entgegen, dem stoischen Riesen-Papa, der begonnen hat, langsam und brummend und eckig auf sie zuzustapfen.

»So, Mia, jetzt an die Arbeit«, läutet Julian das Ende der Schneeballschlacht ein und kniet in den Schnee.

Er ist überrascht, wie kalt sich der Schnee an seinen Knien anfühlt. Und das Formen des Schneeballs gelingt weniger gut, als er dachte. Das Rollen des klein zusammengepressten Schneeballs durch den Schnee, das klappt wunderbar – weil kein Schnee anhaften will. Er drückt Schnee an die Kugel und es dauert eine gefühlte Ewigkeit, bis er sie dazu bringt, auf einen Durchmesser von vielleicht vierzig Zentimetern anzuwachsen. Seine Knie schmerzen und Julian steht auf, ohne sich mit einer Hand abstützen zu müssen, was er als einen gewissen Grad an körperlicher Fitness verbucht.

»Schau mal, Papa, ein Schneeleopard.«

»Wo?«, ruft er, überrascht von Mias Kenntnis eines so exotischen Tieres.

Mia zieht den Kopf ein, hebt ihre Hände vors Gesicht und spielt fauchend den Angriff einer Schneeleopardin. Theatralisch weicht Julian vor der Schneeleopardin zurück und sie verfolgen sich in Kreisen um ihre zwei Schneekugeln. Mit gespieltem Bedauern, einem mimischen »Ups«, stolpert Mia über ihre Schneekugel. Zuvor waren Julians und Mias Kreisbewegungen um die Kugeln herum enger und enger, ihre Sprünge darüber flacher und flacher geworden.

Es ist nicht leicht, ein Stolpern zu imitieren.

Mia tritt bei ihrem Versuch zielgenau in die Mitte ihres Schneeballs.

Vor Kurzem hörte Julian ein Interview mit einer österreichischen Schauspielerin, die sagte, sie sei eine gute Hinfallerin. Julian dachte, sie spreche von ihrem Umgang mit beruflichen oder privaten Rückschlägen. Er war im Bilde, als sie von ihrem ersten bedeutenden Engagement nach ihrem Studium erzählte, wo der Regisseur vorsah, dass sie in ihrer Rolle die Bühne, ganz der Redewendung entsprechend, mit einem Stolpern betreten sollte. Tagelang, erzählte die Schauspielerin mit dem angenehm weichen Klang des österreichischen Dialekts, tagelang habe sie systematisch, aber auch spontan im Alltag Stolpern geübt. Die Schauspielerin vermied, sehr professionell, auf die investigativ gestellte Frage des Interviewers zu antworten, was sie denn von dem Regieeinfall des, sehr berühmten, Regisseurs gehalten habe.

Mit tänzelnden Schritten und Hüftkreisen bereitet Julian das Stolpern über seinen Schneeball vor, der, kaum größer als Mias, nicht einmal als Kopf für den Schneemann getaugt hätte.

Mia prustet vor Lachen – sie hat den Braten gerochen.

Julian konzentriert sich auf seinen gespielten Sturz und hat für einen Moment die Stimme der Schauspielerin im Ohr. So ist die österreichische Schauspielerin, neben Mia, ebenfalls Zeugin seines Hinfallers.

Bist deppert?!

Julians Plan, den Schneeball mit der Spitze seines rechten Fußes zu treffen, gespielt aus dem Gleichgewicht zu geraten und kontrolliert zu Boden zu sinken, nimmt einen anderen Verlauf, als er mit seinem rechten Fuß den Schneeball verfehlt, ein Luftloch schießt, wie man im Fußball sagt, komplett das Gleichgewicht verliert und, ohne einen Arm zum Abfangen schnell genug hochzubekommen, der Länge nach aufschlägt. Dabei spürt er jedes Kilo Körpergewicht doppelt und dreifach.

Mia lacht aus purem Vergnügen.

Julian rappelt sich auf, in Sorge, ob er sich an Arm oder Schulter verletzt haben könnte, dreht sich um und sieht, dass seine Stolperfalle, der Schneeball, unversehrt geblieben ist. Wie zum Hohn liegt er da, strahlend weiß, kugelrund, so viel Sorgfalt hat ihm Julian angedeihen lassen.

In seinem Kopf legt sich ein Schalter um.

Die ersten Lacher kommen stoßweise, der Lachmotor läuft sich rund und es gibt kein Halten mehr. Er gibt sich dem Lachanfall hin, der angefeuert wird durch Szenen seines Hinfallers, die in seinem Kopf abgespielt werden.

Ein Slapstick.

Eine Stuntshow.

Julian muss sich den Bauch halten, der schmerzt vor Lachen, und dabei schmerzt ihm der rechte Arm und das bringt ihn noch mehr zum Lachen.

Mia springt freudig um ihn herum – mittlerweile kniet er im Schnee. Sie stupst und knufft ihn, ihren lachenden Papa, wirft sich ihm in die Arme.

»Dalmatiner!«, ruft Julian.

»Schneelu«, prustet Mia.

»Schneelu-Tapir!«

»Schneelu, du Schneelulu!«, kreischt Mia, »Schneelulu, Schneelulu, Schneelulu, Schneelulu!«

»Schneelu-Panda!«

»Schneelulu, Schneeeeeluluuuuuuuu…«

▪

Julian steht inmitten einer Traube Wartender an einer Fußgängerampel, das Büro von Wolff und Jansen in Sichtweite. Lavendel, überlegt Julian, das ist Lavendelduft.

▪

Julians Mund ist aus Metall. Das Metall fließt in Wellen in seinen Kopf und hat sich verbündet mit einem Schmerz, der ihm die Luft nimmt. Er wird nicht richtig wach vor Schmerz. Undeutlich nimmt er die Konturen des Schlafzimmers wahr. Doch der Schmerz fordert von ihm, dass er seine Augen schließt. Vera ist da. Er hört ihre Stimme.

Das beruhigt ihn. Gleich werde ich meine Augen öffnen. Nimmt er sich vor. Noch muss er sie geschlossen halten, sich wappnen gegen die nächste Welle. Da ist sie. Und heftiger als die Wellen davor. Nach der Attacke, in krampfender Ermattung, öffnet er die Augen und sieht Vera. Sie trägt seinen dunkelgrauen Pullover über ihrem Schlafanzug. Neben Vera steht ein Sanitäter. Jetzt ist der Unterarm des Sanitäters ganz nah vor seinem Gesicht. Er wagt zu glauben, er habe die letzte Welle besser ertragen als die Wellen zuvor. Ein Funke Zuversicht … ein Stich, ein Schlag, hell und schneidend. Ein wütender Stich. Rasend wütend. Ein Trompetenstoß. Er krümmt sich, sucht Schutz. Kurz aufblitzende Scham darüber, was er gerade anstellt. Der Trompetenstoß in seinem Kopf ist mehr Schlag als Ton. In hämmernder Wucht, messingfarbene Bewegungslinien ziehend. Metall auf Metall. Kraftwerk. Einen Funken an Bewusstsein besitzt er noch. Ein Funke Hoffnung steckt darin. Die Trompete schreit aus ihrem Trichter, der aufgebläht ist, ein Schlund. Er hat Angst vor den spitzen Bruchstücken. Wenn die Trompete zerreißt. Sie werden in meinen Kopf fahren. Punktgenau. Er hört Veras Stimme. Das hilft. Die Trompete glüht und schnaubt in metallischer Raserei. Und er hat einen metallischen Geschmack im Mund. Und er hat keine Kraft mehr. Vera hält seinen Kopf. Er merkt es nicht. Er fühlt nicht, dass er einen Kopf hat. Er bewegt sich nicht, um die Trompete nicht zu reizen. Er atmet ganz flach, um sie nicht zu reizen. Flach atmen, mahnt er sich.

Dieser Gedanke verrät ihn. Ein Gedanke zu viel. Die Trompete rächt sich. Sein Kopf ein Kloß, ein Klumpen geformt aus Trompetenstößen. Über Feuer glühend erhitzte Töne.

»Wir bringen Ihren Mann jetzt weg.«

Er versucht zu antworten.

»Die Spritze wirkt, Herr Seitz.«

Er sieht Veras Gesicht ganz nah. Sehr hell ist ihr Gesicht. Im Licht des Treppenhauses. Er hat wohl vieles verpasst. Dabei war er doch wach. Der Lärm in ihm hat ihn so beschäftigt. Ich war der Lärm. Jetzt ist es besser. Er möchte Vera etwas sagen, doch er weiß nicht, wie er seinen Mund ansteuern kann. Jetzt verändert sich die Perspektive. Sie heben ihn auf eine Trage. Veras Gesicht ist nah. So soll es bleiben. Ganz nah. Ihre Augen sind sehr weich. Vera nickt. Sie schaut ihn an. Lächelt. Hier bin ich. Das bin ich.

Ich liebe dich, Vera.

Wo ist Mia?

Marcus Wichmann, 1968 in Celle geboren, studierte Grafikdesign. Sein literarisches Debüt *Sonnenaufstand* erschien 2015 im Kerber-Verlag. Er lebt und arbeitet in Stuttgart. Seit 2005 hat er eine Professur für Kommunikationsdesign an der Staatlichen Akademie der Bildenden Künste Stuttgart. *Schnee, Beton* ist sein erstes Buch im Gmeiner-Verlag.

1. Auflage 2024

Im Ehnried 5, 88605 Meßkirch
www.gmeiner-verlag.de

Lektorat und Korrektorat
Isabell Michelberger, Meßkirch
Sandra Romanini, Stuttgart
Gestaltung, Fotografie und Satz
Marcus Wichmann, Stuttgart
Verwendete Schriften
BVH Bart Text
Weissenhof Grotesk
Papier und Einbandmaterial
Munken Print Cream
Colorplan Schneeweiß Granular
Druck und Bindung
CPI books GmbH, Leck

Printed in Germany
ISBN 978-3-8392-0728-4

FSC
www.fsc.org
MIX
Papier | Fördert gute Waldnutzung
FSC® C083411